「嵌める？　どこにだ？　どこを、どうしてほしい？」
「お尻……っ、僕の、いやらしい尻を、いっぱい……っ、いっぱい、
これで……っ、苛め、て、あっ、あああ……っ！」　（本文より）

囚愛

YUI KUSHINO
櫛野ゆい

Illustration
陸裕千景子

SLASH
B-BOY NOVELS

この物語はフィクションであり、実際の人物・団体・事件等とは、いっさい関係ありません。

CONTENTS

囚愛

昏《くら》い、昏いその目には、自分が映っていた。

彼にとっては兄である、自分だけが。

「いくら口で言っても、兄さんは納得してくれないようですから」

ぎらりと、忍《しのぶ》の目に刃《やいば》のような光が混じる。

それは、これまで雅《みやび》が幾多もの男から向けられてきた欲望と同じ匂いのするものだった。

「し、のぶ……？」

「だったら、体で言うことを聞いてもらう他、ありませんよね？」

忍の目に浮かぶ情欲の色が、ますますその濃さを増す。

嫌だ、と雅は必死に首を横に振って、目の前の現実を否定しようとした。

そんなはずはない。

忍が、弟が自分を犯そうとしているだなんて、そんなはずは――。

「兄さんが男を拒めない淫乱だってことを、俺が教えてあげます」

唇が、歪《ゆが》む。

うっとりと恍惚《こうこつ》の笑みを浮かべて、弟は低く甘い囁きを紡いだ。

「兄さんは俺の、俺一人だけのものなんだから……」

「忍……！」

突き落とされた真っ暗な絶望に、雅は悲鳴を上げた。

囚われた深淵から這い上がる術は、持っていなかった。

数刻前のことだった。

「ん……は……」

浅く呼吸を繰り返しながら、雅はほっそりした白い指で自らの秘孔を犯していた。夜風に揺れる行灯《あんどん》の光に、てらてらと赤く濡れた淫肉が照らされている。

絹の布団に頰をつけ、大きく足を開いて腰を高く上げた、淫獣のような格好だった。前帯を解かぬまま薄桃色の振袖と緋襦袢《ひじゅばん》を捲り上げ、無防備に晒された足の間で頼りなく揺れる小振りな性の証《あかし》が、布団の上に敷いた手拭いにじっとりと染みを作っている。

雅はその淫猥《いんわい》な格好のまま、頰と膝とで己の体重を支えながら、片手で尻を開き、もう片手でぬちゅぬちゅと後孔への抽挿《ちゅうそう》を繰り返していた。

そうしろと、命じられたのだ。

自分を買った、この老人——中瀬《なかせ》に。

「己の指だというに、ほんに美味そうにしゃぶるのう。ほれ、早う広げて見せぬか」

嗄《しゃが》れた声に急かされて、雅は羞恥に頰を染めながらもこくりと頷いた。

「ん……っ、は、い……」

中から少しずつ後孔を押し広げると、くぱぁ、と開かれた赤い粘膜が外気に晒され、潤滑の蜜がねっとりと糸を引く。

「い、いや、あ、あ……」

恥ずべき場所を晒して小さく震える雅に、中瀬が満足そうに手を打った。

「おお、おお、よう見える。はしたない口じゃのう、吉野《よしの》」

「申し、訳……っ、ありませ、ん……っ」

耐え難い辱《はずかし》めにも、従順に謝罪を口にする。雅にはそうする他なかった。

吉野とは、雅の源氏名である。今から十二年前、雅は桜屋《さくらや》という遊郭《ゆうかく》に売られた。見世の看板である吉野の名を継いで、もう十年になる。

今宵の客である中瀬は、その頃からの馴染みだ。高齢の中瀬は、ここ一年ほど殆《ほとん》ど勃起することがなかったが、その代わり雅に自慰をさせ、それを眺めて愉《たの》しむのが常だった。

皺だらけの目を細めて、中瀬が雅のそこを評する。

「しかし、相変わらず初々しい色よ。夜毎男を咥《くわ》え込んでおるとは到底思えん」

「やぁ……、ん……っ」

顔を近づけた中瀬に、ふうとひと息吹きかけられ、雅はぴくりと体を震わせた。冷たい外気にひと撫でされた内壁が、竦み上がるように一瞬縮こまった後、ざわりざわりとより強い刺激を求めて蠢動《しゅんどう》する。

男を受け入れる術は、桜屋に来てすぐ教え込まれた。油を塗った張り型を入れられたまま幾夜も過ごし、踊りや作法を仕込まれたのだ。裾捌《すそさば》きから始まって、口のきき方や流し目の使い方、客を悦《よろこ》ばせる性技と、色子《いろこ》として覚えることは多岐に渡った。

けれど、それらを必死で身につけたのは、最初は雅自身が生き抜くためだけではなかった。

もう一人、大事な、なによりも大切な者が、あの頃にはいたのだ。

「初々しいのは色ばかりよのう。女子《おなご》の膣よりよほど淫らで欲深い孔《あな》じゃ。今もほれ、男を欲しがってひくついておる」

奥へ奥へと引き込むように絡みつく様をからかわれ、雅はああ、と羞恥に身を震わせた。

十二年もの長い年月の間で、男に抱かれれば抱かれるほどに快楽は深まり、いつしかどんな相手にでも悦んで花開く体になってしまった。

淫らな己の体が厭《いと》わしい。嫌で嫌でたまらないのに、火が点いたらとまらなくなってしまう。

どんな相手にでも、感じて乱れてしまう。

けれど、どれほど男と床を共にしても、雅は欲深い己の体を恥じずにはいられなかった。そして、恥じ入れば恥じ入るほどに乱れてしまうことを、馴染みの中瀬には知られている。

「中瀬、さま……っ、もう、もう……っ、堪忍して下さいませ……！」

羞恥に耐えかねて訴えると、中瀬が相好《そうごう》を崩す。

「おお、そう言われては仕方がないのう。よいぞ、吉野。さ、そのまま外してみせい」

「はい、は……っ、ああ、ん！」

許しにほっと息をついて、雅は己の指でそこを慰め始めた。揃えた指はすぐに三本に増え、ぐちゅりと引き抜く度に真っ赤に熟《う》れた肉が、まるで花が咲くように顔を覗かせる。

外す、という隠語は、気をやり、果てることを差している。長年そこで男を受け入れてきたせいか、雅は本来の性器よりも後孔の方がより過敏に反応するようになっていた。今ではもう花茎に触れなくとも、指や男のもので蜜壺を掻き回されるだけで、呆気なく外してしまう。

「ああ、中瀬さ、あ、あ……！」

己の細い指では、三本揃えていてもどうしても物足りなさは拭えない。けれどそれを補うかのように、中瀬のねっとりとした視線が、淫蜜に光る指に絡みついてくる。

客は、誰しもが雅を抱く。男の逸物で貫かれ、抱き潰されるのは圧倒的な快楽だけれど、己の痴態《ちたい》を余すところなく見られる中瀬との睦《むつ》み合いには、理性が残っている分より羞恥を煽られ、追い込まれる被虐的な快楽が潜《ひそ》んでいる。

「ひ、ああ、ん、ん！」

溢れる唾液をごくりと呑み込み、びくびくと震える花茎の先を手拭いに擦りつける。あられもなく腰を振って、雅は嵌《は》めた指を思いきり締めつけた。手首を捻り、尻に叩きつけるようにぬちゅぬちゅと蜜孔を犯して、ひたすら快感を追いかけていく。

「ああっ、もう、もう……！」

ずりゅんっ、と布地が敏感な亀頭に擦れた途端《とたん》、雅はきゅうきゅうと己の指を締めつけながら階《きざはし》を駆け昇った。

「い、く……っ、いき、ます……っ！　い……っ、あっ！」

びゅく、と白濁が吐き出されると同時に、ぎゅうっと花筒が収縮して、搾《しぼ》り取ろうとするかのように指を喰いしめる。きつく窄《すぼ》まったままの蜜壺が、咥え込んだものに巻きつくように蠕動《ぜんどう》する様をまざまざと感じて、雅は嗚呼《ああ》、と色に濡れた声を小さく漏らした。

女よりも浅ましく、欲深い体をしているなど、言われずとも己が一番よく分かっている。女郎と違い、外す時に精を放つ陰間《かげま》は、演技で客をあしらうことができない。だからこそ、どんな男の手にも感じるように躾《しつ》けられるし、子を孕《はら》む訳でもないのに男の精を叩きつけられることを甘受する体に作り替えられる。これを業《ごう》が深いと言わずして、なんと言えばいい。

はあはあと荒い息をついて崩れた雅を細めた目で見届け、中瀬が杯を干す。

「相変わらず淫らで、かわゆうてならんのう、吉野は」

「お、それ、入ります……」

よろ、と身を起こし、雅は懐紙《かいし》で自分の秘部を拭って、着崩れた襟と裾を直した。貪欲な体はまだ快感の埋《うず》み火を燻《くすぶ》らせていたけれど、いつまでも客に見苦しい姿を晒してはいけない。

ふと見ると、中瀬の袴に酒が零れたような跡がある。失礼します、と新しい懐紙を取り出し、生地を傷めないよう丁寧に水気を拭い取ると、中瀬がからかうような笑みを浮かべた。

「そうして世話を焼いておると、まるで女房のようじゃのう。閨《ねや》では婀娜《あだ》めいておるのに、ほんにどこまでも無垢な顔をしおる」

「そんな……」

中瀬の言いように戸惑って、雅は目を伏せた。こんなに長く色を売り続けている自分に無垢だなんて、そんな形容が似合う訳がない。

今年で二十二と、年齢だけ鑑《かんが》みれば、雅は色を売る男としてはいささか臺《とう》が立っている。陰間は二十も過ぎれば、男客から後家やお女中などの女客に相手が変わり出すのが通例である。にもかかわらず、雅が未だに男太夫《おとこだゆう》を張っているのは、ここ数年さして容色も衰えず、数々の馴染みが通い続けているだけでなく、初見の客からの指名も跡を絶たないからだった。

雅は白く上品な瓜実顔《うりざね》で、苦界に身を落として十二年になる今も、どこか純粋な幼子のようなあどけなさが残る面もちをしている。食が細いせいか背丈もさほど伸びず、ほっそりとした肢体に柳腰と華奢な体つきで、優しげな色や花柄の着物がよく似合った。長く伸ばした髪は烏《からす》の濡れ羽色もかくやといった風情で、普段から女物の着物を着ているから、ぱっと見には十五、六の少女のように見える。争いごとを好まないおっとりした性格ながら芸事に長《た》け、そしてまた艶事にも長けていた。

今日着ている上品な薄桃色の綸子《りんず》地に桜と菊、芝模様が散った振袖も、中瀬が似合うだろうと仕立ててくれたものだ。小花の刺繍《ししゅう》が施された半襟を直し、雅は微笑みを浮かべて返した。

「私を無垢と仰《おっしゃ》るのはきっと、中瀬様くらいなものです」

馴染み客の中でも一番長い付き合いの中瀬は、十年前から自分を知っている。きっと今でもその印象を引きずっているだけだろうと言うと、中瀬はいや、となおも首を横に振って言った。

「見目だけでなくな。閨事の手管には長けておるのに、お前はそれをいつまでも恥じておるだろう。そこがなんとも初《うぶ》で、男心をそそるのよ」

淫らな体を持ちながらも、快楽に溺れることを恥じて恐れ、厭う雅の姿に、自分こそが陥落させてみせると誰しもが深みにはまっていくのだと言う。恐ろしい色子よのう、と笑う中瀬に、雅はいよいよ困ってしまった。

「そのような意地悪を仰らないで下さい。なにやら自分が恐ろしい化け物のように思えて、怖くなってしまいます」

「おお、すまぬ。しかしのう、これほど美しい化け物になら、縊《くび》り殺されてもよいと思ってしまうからのう」

「中瀬様……」

眦《まなじり》に皺を寄せて笑う中瀬は、ほんの冗談のつもりなのだろう。しかし、殺されてもいいと言われても、雅にはただ恐ろしいだけだ。眉を下げ、目を伏せて言い淀む。

「あまり、おからかいにならないで下さい。こんななりでも、もう二十は越えているのですから」

今はまだ容色が衰えていないからともてはやされているが、本来であれば盛りを疾《と》うに過ぎた陰間なのだ。いずれは誰からも見向きされなくなる。

「私など、いつ身を引いてもおかしくないのに……」

そっと苦笑を浮かべた雅だったが、中瀬は雅の言葉を聞くや否や、血相を変えて身を乗り出してきた。

「な……、み、身を引く、だと!?　どこぞの男に身請けされるというのか!?」

「な、中瀬、様？」

突然両肩を摑まれ、老人とは思えぬ強い力で揺さぶられて、雅は驚いて目を瞬かせた。しかし中瀬は、凄まじささえ感じるほどの剣幕で、更に雅に詰め寄ってくる。

「誰だ……！　誰がお前を身請けなど……！」

「た、例えのお話です、中瀬様。本当に身を引く訳では……」

怯えて体を強ばらせながらも必死に雅がそう言うと、中瀬もようやく納得したのか、ほっと肩から力を抜く。

「そうか、ならば……よかった」

「中瀬様……？」

「水を一杯くれぬか、吉野」

青ざめた顔をし、はあはあと苦しそうな息の下からそう言う中瀬を見て、雅は慌てて手を打ち鳴らす。廊下に控えていた禿《かむろ》が顔を出し、雅はすぐに水を持ってくるよう頼んだ。

中瀬に肩を貸して、間続きの座敷へ移動する。座布団の上へと倒れ込むように座った中瀬は、脇息《きょうそく》に体を預けて苦しげに顔を歪めた。

「中瀬様、どこかお加減が悪いのですか？」

横に座した雅は、背や腕をさすって様子を見る。禿が運んできた水を一息に呷《あお》った中瀬は、ふうとため息をついて答えた。

「なに、心配は要らん。心の臓が弱っているだけでな。少しすれば落ち着く」

酒盆を禿に下げさせ、雅は皺だらけの中瀬の手を取って懸命にさすった。油気の抜けたその手は指先まで随分《ずいぶん》冷たくて、こんなに冷えていては痛いのではないかと気が気でなくなってしまう。

「あまり無理をなさらないで下さい。中瀬様がお倒れになったらと思うと、心配です」

「吉野……」

ぎゅっと手を握った雅に、中瀬は嬉しそうに目を細めた。

「分かっておる。いやなに、お前が身を引くかもしれぬと思ったら、少し動転しただけじゃ」

ようやく呼吸も落ち着いてきた中瀬がそう言い、雅をじっと見つめてくる。

「吉野に会えなくなるかと思うと、儂《わし》はもう生きた心地がせぬのよ」

「……中瀬様」

「もうしばらく、……そう、あと一年は、見世に出ていてもらわねば」

「あと一年、ですか？」

具体的に期間を区切る中瀬が不思議で、雅は首を傾げた。何故一年なのだろう。

雅のもの問いたげな視線を受け、中瀬は曖昧《あいまい》に首を振るとやおら立ち上がった。雅は慌ててそれに手を貸そうとしたが、老人とはいえ、中瀬は華奢な雅よりは体格がいい。雅の力を借りずに、しっかりと立ち上がって言う。

「慌ただしくてすまぬが、今日はもう暇《いとま》としようかのう」

「もうお帰りなのですか？」

随分と唐突なそれに雅が驚くと、中瀬が名残惜しげに手を伸ばし、愛おしげに目を細めて雅の鬢《びん》のほつれを直してきた。

「ああ。どうしても顔を出さねばならん夜会があってのう。常ならば捨て置くのじゃが」

「では、お見送りだけでもさせて下さい。大門のところまで、ご一緒に」

自分のもとへ通ってくれる馴染みを、雅はいつも大門のところまで送っていっている。今日は特に中瀬の体も心配だった。

見世の玄関先で禿に中瀬の杖と山高帽《やまたかぼう》を持って来させると、雅は腕を組むようにして中瀬にそっと寄り添った。あまり支えにはならないかもしれないが、もし中瀬が先ほどのように具合が悪くなったら受け止めることくらいはできるだろう。

「……ほんに、吉野は優しい子じゃ」

目尻に皺を寄せて、中瀬がそう微笑む。いいえ、と雅も微笑み返して、灯《あか》り取りの若衆を先に行かせ、二人で見世を出た。

桜屋は、陰間茶屋の立ち並ぶ通りの中腹にある。通りにはいくつか甘味処もあるが、今日はそちらには寄らず、まっすぐ大門まで歩いていった。

「今度来た時は、どこぞ立ち寄って蜜豆でも食わせてやろうの。吉野は甘いものが好きじゃから」

「はい。では楽しみにしております」

賑《にぎ》やかな大通りを抜けると、辺りはひっそりと闇色に染まる。喧噪《けんそう》を後ろに聞きながら、雅と中瀬は大門の手前に設けられた、朱色に塗られた川のない橋を渡った。この橋を越えれば、外界と遊郭とを隔てる大門があるだけだ。雅はそこから先へ出ることはできない。

「吉野がかわゆうて、つい長居したからのう。ほれ、御者《ぎょしゃ》も待ちくたびれておる」

中瀬がそう言い、大門を示す。見ると、確かにそこには黒塗りの馬車が停まっており、御者と付き人が待っていた。眼鏡をかけた付き人に軽く会釈《えしゃく》をされ、雅は慌てて丁寧に頭を下げた。

「ではな、吉野。また来る故、他の男に身を任せてもゆめゆめ儂を忘れるなよ」

「はい、中瀬様。お待ちしております」

少しからかうような声色の中瀬に、雅ははにかんで答える。中瀬が頷いた時、大門のすぐ側《そば》からみぃ、と小さな鳴き声が聞こえてきた。

「……子猫？」

か細く頼りなげな鳴き声に、雅はそっと中瀬から離れ、大門のすぐ脇にある桜の木に近寄った。

漆黒の暗闇に、薄桃色の花が今を盛りと咲いている。その木の根元を覗き込むと、暗がりでなにかが僅《わず》かに動いた。よくよく目をこらすと、黒く薄汚れた小さな毛の塊が蹲《うずくま》っているのが分かる。雅を見上げると、その子猫はみぃ、と鳴いた。

「お前、母親は？　はぐれたの？」

裾をさっと手で捌いてしゃがみ、手を差し出す。まだ生後半年も経っていない頃合だろうか、片手で抱えてしまえるほどの小ささだった。みぃ、ともう一度鳴いた子猫が、震えながら頬を雅の手に擦りつけてくる。

「吉野？　どうしたのだ？」

背後から覗き込んできた中瀬が、子猫を見つけて眉を顰《ひそ》めた。

「猫の子か。汚らしい、捨て置きなさい」

「そんな、中瀬様……」

にべもなく言われ、雅は戸惑いながらも首を横に振る。

「この郭《くるわ》に迷い込んだのもなにかの縁でしょう。連れて帰って、目刺しでも焼いてあげたいと思います」

子猫を抱き上げて言った雅に、中瀬が肩を竦めた。

「吉野が優しい子とは知っておるがのう。そんなことをしたら、居着いてしまうだろうに」

そうであってもいい、とまでは反駁《はんばく》できずに、雅は中瀬に頭を下げた。

「……どうぞ、夜道ですので道中お気をつけて」

頷いた中瀬が、踵《きびす》を返して馬車に乗り込む。もう一度付き人と会釈を交わし、雅は砂利道を遠ざかっていく馬車を見送った。

黒塗りの馬車は、宵闇にあっと言う間に溶けて見えなくなってしまう。張り番にじろりと睨みつけられ、雅は俯いた。

いつかはここから出ていきたい。けれど、それは今ではない。売られてきた時に背負ったものをすべて返して、自由になるのだ。それまではたとえ見張りの目がなくとも、自分はこの門をくぐりはしない。

手の中で子猫が、んみ、と鳴き、伸び上がって雅の顎先をぺろりと舐める。急かすようなそれに、雅は苦笑をひとつ落として踵を返した。

若衆がささげ持つ提灯《ちょうちん》が、ゆらゆらと揺れる。その灯火を追いながら、雅は朱塗りの橋をゆっくりと戻っていった。

洗い桶の中で、子猫がぴるるっと頭を振る。こちらを振り返った子猫に、みぅ、と小さく抗議されて、雅は苦笑した。

「ああ、ごめんね、顔に水がかかった？」

気をつけるね、と謝ると、不承不承と言うかのように、ふすーっと息をつく。まるでこちらの言葉が分かっているかのような子猫の態度に、雅は小さく笑みを浮かべた。

「お前は大人しいね、偲《しのぶ》」

子猫にそう呼びかけながら、片手でまん丸な腹を支え、もう片方の手で湯を掬ってはその小さな背にかけ流す。

子猫を拾った雅は、湯を張った洗い桶を自分の部屋に持ち込んで汚れを落としてやっていた。煤《すす》のような黒い汚れに塗《まみ》れていた子猫は、洗うにつれて八割れの柄がくっきりと浮き出てきた。どうやら雌らしく、光の加減によって緑にも黄にも見える、くりっとした目が愛らしい。

子猫の名前は、偲とした。十年前に生き別れになった弟の名、忍から転じて、懐かしみを込めて字を当てたものだ。

「……偲」

呼びかけた雅を見上げて、偲がんに、と鳴く。それが自分の名前だともう認めているような風情に、雅はじわりと胸が温かくなるのを感じて、口元を綻ばせた。

十二年前、雅は忍という弟と一緒に桜屋に売られてきた。幼い頃に母が病死して以来、画家の端くれだった父は酒と賭博《とばく》に明け暮れ、方々に借金をした挙げ句、兄弟を遊郭とは名ばかりの陰間茶屋である桜屋に売ったのだ。

弟に体を売らせたくない一心で、雅は自分が弟の分も体を売ると当時の楼主《ろうしゅ》に掛け合っていた。最初は渋っていた楼主だったが、忍に陰間としての適性が薄く、反対に雅にはその適性があり、美童であったことから、雅は陰間として、そして弟の忍は丁稚《でっち》として桜屋で働くことになった。

けれど、十年前のある日、忍は姿を消した。楼主から、弟の父が実は雅の父とは違い、華族の嫡男《ちゃくなん》だったと分かり、迎えが来て引き取られていったと告げられて、それきりだった。

別れを言うことも、文を送ることも叶わなかった。当時の楼主から、余計なことはするなととめられたのだ。弟の立身を思うなら陰間のお前は関わらない方がいいと、引き取られた華族の名さえ、教えてはもらえなかった。

その楼主も、それからすぐに起こった大火事で命を落とし、今では代替わりしている。

「吉野、いるかい？」

襖《ふすま》の向こうから声をかけられて、雅は慌ててはい、と返事をした。邪魔するよ、と一声あって、廊下から男が顔を覗かせる。

「子猫を拾ったんだって？」

「天地《あまち》さん……」

天地は、この桜屋の現楼主である。すらりとした長身に灰緑の縞模様を染め抜いた縮緬《ちりめん》をゆったりと纏《まと》い、貝の口に結んだ角帯に煙管《キセル》を挟んでいる。雅よりも一回りほど年重で、切れ長の瞳に涼やかな風貌の美丈夫であった。陰間でもないのに今時珍しく長髪で、ゆったりと後ろで結んだ髪型が、品のいい雰囲気によく似合っている。

「すみません、大門の桜の下で鳴いてたのを見捨てておけなくて……。あの、僕のご飯をあげますから、ここに置かせてはくれませんか？」

前の楼主は締めつけが厳しく、とても猫を飼いたいなどと言える雰囲気ではなかったが、天地はきちんと勤めさえ果たしていれば、働き手に寛容だ。時代が変わり、お上の指導もあってこの色町も随分縮小されたが、その中でも確実に儲《もう》けを出しているやり手でもある。

ご迷惑かけないようにしますから、と雅が頼むと、手の中で偲がにぅ、と小さく鳴く。まるで雅に同調するかのような鳴き声に、天地が目を細めた。

「いいけれどね。うちの看板の吉野太夫が引っかき傷だらけだなんていただけないから、十分にお気をおつけ。それから、お座敷に上げてはいけないよ。猫を嫌がるお客だっているだろうから。飼うならお前の部屋だけになさい」

「……はい、気をつけます」

天地に釘を刺されて、雅は先ほどの中瀬を思い返す。触るのも汚らわしいと言わんばかりの反応に、ぎゅっと胸が締めつけられるようだった。普段雅には反物《たんもの》や菓子などを贈ってくれたり、なにくれとなく世話を焼いてくれているだけに些《いささ》か落胆したものの、言っても詮無いことである。

つ、と天地が畳に膝をついて、子猫に手を伸ばす。顎の下を撫でられた偲は、心地よさそうに目を細めてぐるぐると喉を鳴らした。

「猫は水を嫌うと言うけれど、随分大人しい子だね。名前はもう付けたのかい？」

「はい。あの、……偲、と」

「ああ、……弟さんの」

頷いた天地に、雅は目を伏せた。気遣うように、天地が雅の肩に手を置いてくる。

「辛いなら、違う名前にしたらどうだい？　桜の下で拾ったのなら、八重《やえ》とか小春《こはる》なんて名前も愛らしいと思うよ」

ねえ、と小首を傾げた天地が、偲に同意を求める。くりんと目を動かして、偲は雅を仰ぎ見てきた。そうなの？、とでも聞きたげな偲に小さく噴き出しながら、雅はゆるく首を横に振った。

「いいえ。そう呼びたいんです、僕が」

「……まあ、雅の猫だし、いいけれどね」

やわらかく微笑んだ天地に頷き返して、雅は偲の頭を指先でくすぐった。

しのぶ、とその名前を呼びたいと、どうしてもそう思ってしまったのだ。字は違っても、その名を口に出せるだけで嬉しいと。

火事の後に桜屋の楼主になった天地には、弟のことを話してある。というのも火事の際、殆どの色子たちが逃げたにもかかわらず、雅は桜屋へ自ら戻ってきたことから、天地と親しく話すようになったのだ。

天地は、先代の女楼主の息子と親しく、火事の後、息子に頼まれて桜屋を切り盛りすることになったらしい。粗相《そそう》や失態を繰り返せばもちろん厳しく仕置きされるけれど、基本的には働き手を大事にしてくれる、申し分のない楼主だった。

なにより、生活するだけで借金が膨れ上がる仕組みになっていた先代の時とは違い、今は数年真面目に勤めれば借金は帳消しになる。そんな中、雅が十二年経った今でも郭に残り続けているのには、訳があった。

「本当ならお前ももう、ここから出て自由になってもいいんだけれどね」

ため息をつく天地に、いいえ、と静かに首を横に振る。

「弟の分まできちんとお返ししなくちゃ、僕の気が済みませんから」

きっぱりと言う雅を見つめながら、天地が苦笑する。

「普段は大人しくて聞き分けがいい子なのに、これだけは譲らないね、お前は。いいよ、でも気が変わったらいつでも言いなさい」

「……すみません」

謝ることじゃないよ、と天地に優しく頭を撫でられて、雅は小さく頷いた。

雅が他の色子より長く桜屋に留まっている理由は他でもない、弟の借金を肩代わりしているからだ。華族に弟が引き取られた際、先代の楼主は雅に残りの借金をすべて背負わせた。雅も、それでいいと了承した。もともと自分が背負う覚悟だったから、迷いも不満もなかった。

帳簿を引き継いだ天地は、一人分はもう完済しているのだから、いつ身を引いてもいいと言ってくれている。けれど雅は、桜屋で働き続けていれば、いつか弟が自分を訪ねてきてくれるかもしれないという思いが捨てきれなかった。

それに、天地の言葉に甘えて身を引くことは、弟の借金から逃げることだ。馴染み客から何度か身請けの話も持ち上がったが、自分の力で返済したい、たとえ借金という形であっても弟との繋がりを断ちたくないという思いもあって、その都度《つど》断っていた。

どうしても自分でと思うそこには、兄としての意地もあったのかもしれない。突然華族に連れていかれ、離れてしまったからこそ、自分が忍の兄としてできることに縋っていたかったのだ。

馬鹿な意地だと分かっている。けれど、せめて二人分の借金をきちんと返して、晴れて自由の身になりたい。自由の身になって、弟が今どうしているのか確かめたい。それだけが雅の精一杯の矜持《きょうじ》で、唯一の希望だった。

俯いて暗く沈んだ表情になった雅の手を、偲がさりさりと舐める。ちくちくと小さな爪が当たる感触に我に返って、雅は微笑を浮かべた。

「大体綺麗《きれい》になったかな。……ふふ、くすぐったいよ」

みゃう、と雅の指にじゃれつく偲に目を細めながら、天地が思い出したように言う。

「ああ、それでね、吉野。中瀬様がいらしている間に、お前にお客が来たんだが、その御仁《ごじん》が茶屋でお前が空くのを待つ間、子猫を拾ったところを見ていたらしくてね。子猫の世話が終わったら座敷にと、今いらしたんだよ。陸軍の清水《しみず》少尉の紹介状をお持ちでね」

「清水様の……」

かつて雅の馴染みであった清水は、つい最近祝言《しゅうげん》が決まり、桜屋から足が遠のいた客だったが、穏やかで誠実な男だった。その清水の紹介ならば、雅としても相手をしないで帰すのは忍びない。

「中瀬様も早くにお帰りだし、座敷に出てはもらえないかい？　今日も中瀬様はお前を抱かなかったんだろう？」

「え、ええ」

中瀬の男が年の為に役に立たないことは、天地にだけは告げてある。抱かれていないのに今まで同じ花代を貰うのが気が引けて相談したのだったが、天地には今まで通りいただいておきなさいと言われていた。

「中瀬様は、きっと情の深いお方なんだろうね。抱けなくても通うほど、お前を好いて下さるだなんて。十年もお通いになって敵娼《あいかた》を変えないだなんて、ここでは珍しいよ」

桜の花びらが散る薄桃色の振袖を見つめて、天地がさらりと雅の髪を撫でる。一度馴染みになった敵娼以外の芸妓に通うことは、例えば吉原《よしわら》などの遊郭では御法度《ごはっと》とされている。けれど、陰間茶屋ばかりを集めたこの色町ではそのような規制はなく、男たちは夜毎好きに敵娼を変えていた。そんな中、中瀬のような客は確かに珍しい。

雅は偲を湯から引き上げながら、小さく答えた。

「中瀬様はお優しいから……。馴染みの芸妓として、お気にかけて下さっているだけです」

いくつも贈り物をしてくれる中瀬は、忍が華族に引き取られたすぐ後に、雅の馴染みになった客だ。火事を経て桜屋を新しく移築してからも、変わらず雅のもとに通い続けてくれたし、きっと雅には想像もつかないほど裕福なのだろう。いつだって仕立てのよい羽織はぴしりと隙なく整えられているし、身につけている帽子や杖、懐中時計だって高級そうなものばかりだ。

おそらく中瀬は金持ちの道楽もあって、雅がまだ子供の頃から身を売っていたのを哀れに思い、未だに通ってくれているのだ。

雅が手拭いで偲をくるむと、天地が手を差し伸べてくる。

「ああ、あとは私が」

手拭いごと偲を引き取り、赤子を抱くように胸に抱えて立ち上がると、天地は微笑を浮かべた。

「世話が終わるのを待つと仰ってたが、そうお待たせするのも悪いだろう。仕度をしておいで」

「はい、ありがとうございます。あの、お客様のお名前はなんと?」

立ち上がりざま、手に残った水滴を手拭いの端で拭き取りながら、雅は天地を見上げる。天地は両の前脚を伸ばしてじゃれつこうとする偲を指先で構いながら、ああ、と笑みを深くした。

「北小路《きたこうじ》、と仰っていたよ。貿易のお仕事をなさっているらしい」

「北小路、様」

今宵二人目の客の名前を、雅は口の中で反芻《はんすう》した。どんな相手か分からないが、子猫のことまで気遣ってくれるならきっと優しい客だろう。

ぷるぷるっと頭を振って水気を飛ばす偲に、天地がしかめっ面をするのがおかしくて、雅はくすくすと笑みを漏らした。

「行ってくるね、偲」

指先で頬の辺りを撫でると、偲がにぅ、と片目を瞑《つむ》って返事をする。

ふと、同じ音の名前を持つ弟は、どんな青年になっただろうと思った。今二十一だから、まだ学生かもしれない。華族の一員となった忍は、きっと立派な青年に成長しているだろう。

思い描こうとしても、脳裏には少年の頃の笑顔しか浮かばなかった。眦を少し下げて、きらきらと陽射しが零れるように笑うその顔が大人になったところなど、想像もつかない。

離ればなれになった当時は寂しく思いもしたが、弟の道が拓《ひら》けたことは喜ばしいことだと今も思っている。二人一緒に郭を出ようと約束していたけれど、華族の一員になれるなんて機会、そうそうあるものではない。それに、どんなに離れても、半分しか血が繋がっていないとしても、忍は自分の弟には違いなかった。

（……忘れてくれていたっていい。こんな、色子の兄のことなんて）

年季が明けたら行方を探したいとは思っているけれど、たとえ弟が自分のことを忘れていたとしても、それはそれで仕方のないことだ。

忍には、後ろを振り返らず、開けた道をまっすぐ歩いていってほしい。

それは嘘偽りのない雅の願いだったけれど、ちくりと胸が痛むのもまた、正直な気持ちだった。

忘れてくれていてもいい。

けれど、忘れられるのが寂しくないとは言えない。

身勝手な己に穏やかな苦笑を漏らす雅を、緑とも黄ともつかない不思議な色の目がじっと見つめていた。


偲を天地に預け、身支度を整えて座敷に向かう途中、雅は同僚の椿《つばき》と行き合った。どうやらこれから床入《とこい》りらしく、準備の為に手水《ちょうず》場に向かっているらしかった。

「もう次のお客？　一晩に二人もお相手するなんて、さすが吉野太夫は引っ張りだこだよね」

ふん、と鼻を鳴らす椿は、売られてきてまだ日は浅いものの、可愛らしい顔立ちの十六の芸妓で、雅の次に人気がある。もと武家の出で鼻っ柱が強く、売られたからには色町で天下を取ってやると毎日息巻いていた。今日は、鮮やかな緋色の紋錦紗《もんきんさ》に椿と梅の染めの振袖を着ている。

「古株だから、紹介が多いだけだよ。ああ、椿、ちょっと待って」

通り過ぎようとした椿を呼び止めて、雅は位置がずれていた椿の半襟を直した。

「はい、これで大丈夫」

「……余計なお世話っ」

横を向き、行儀悪くたたたっ、と走って行ってしまう。天地に見つかってお仕置きされないといいけれど、と椿の背を見送って、雅は静かに廊下を進んだ。

天地から伝えられた客の要望は、少々変わっていた。禿も幇間《ほうかん》も付けず、吉野ただ一人で座敷に来てほしい、と言うのだ。

座敷に呼ばれる時は、大概幇間等を従えて、まず客を酒席でもてなす。色子たちが舞や遊びを仕込まれているのはこの為で、座敷で遊興に耽《ふけ》るだけで満足して帰っていく客もある。

とはいえ、それらの手順を踏まず、初めから床入りを望む客がいない訳でもない。吉原遊郭では無粋《ぶすい》と蔑《さげす》まれるところだが、陰間を売る見世はそこまで格式を重んじず、客の望むままに色を売るのが殆どで、桜屋もその例外ではない。すぐに床入りを求められてもいいよう、雅は通和散《つうわさん》をもう一度秘孔に塗り込めていた。

(でも、それにしては子猫の世話を待つと仰っていたと言うし、……どういうお客様なんだろう)

座敷遊びを求めない性急さと、子猫への寛容さが不釣り合いな気がして、雅は首を傾げながら目指す座敷の前へ到着した。襖の前でさっと裾を捌いて膝をつき、声をかける。

「失礼致します、吉野で御座います」

「どうぞ」

くぐもった低い声は若かった。年の頃は雅と同じくらいだと天地が言っていたのを思い出す。どんな相手であれ、買われた以上は心を込めておもてなしを、と念じて、雅はすっと襖を開けた。三つ指をついて頭を下げ、いつも通りに挨拶《あいさつ》をする。

「本日はお越しいただき、有り難う存じます」

ゆっくり顔を上げると、正座をした海老茶色の背広姿の男が見えた。視線を上げると、やや角張った顎が見え、続いて少し厚めの唇、すっと通った形のよい鼻、黒目がちな、自分に少し似た瞳――。

「……っ」

大きく目を瞠《みは》って、雅は目の前の相手を見つめた。相手もまた、じっと雅を見つめ返してくる。

ゆっくりと、唇が開いた。

「……兄さん」

甘やかな低い声は、記憶にないものだった。

声変わりしたのだ。

会えなかった十年の、長く離れていた十年の間に。

「ご無沙汰しています、……雅兄さん」

「忍……！」

廊下で腰が抜けたように尻をついた雅に、忍がゆっくりと立ち上がる。

十年ぶりに再会した弟は、雅とはまるで違う、しなやかな若竹を思わせるような長身に成長していた。見るからに上等そうな背広や、きちんと切り揃えられ、こざっぱりとした黒髪からはいかにも裕福そうな雰囲気が漂っていたが、すっきりと整った顔立ちは精悍《せいかん》で、その眼差《まなざ》しは隙のない、鋭い野性味に溢れている。以前写し絵で見たことがある、黒豹のような印象だった。

その姿や堂々とした物腰からは、目の前の青年が自分の後をついて回っていた弟だとはとても思えなかったけれど、切れ長の目を細め、眦を少し下げた微笑みは、確かに記憶の中の面影と重なった。

「入って下さい、兄さん。明るいところで、もっとよく、顔を見せて」

雅に歩み寄った忍が、鴨居《かもい》をくぐるように頭を下げて手を差し伸べる。縋りつくようにその手を取った雅は、忍に促されて立ち上がり、震える足で部屋に入った。襖を閉めた忍が、ぐっと雅の両手を握ってじっと見据えてくる。

「……兄さん。ああ……、会いたかった、兄さん」

噛みしめるように言われて、雅は顔をぎこちなく動かして頷いた。

「ああ、……ああ、僕も、会いたかった……っ」

夢ではないかと思った。

成長した弟が、そこにいた。

もう二度と会えないと思っていた、忍が。

「忍……！」

感極まった雅が、着物が崩れるのも構わずに抱きつくと、忍も安堵《あんど》したように笑みを深めた。

「元気そうで、本当によかった……。ずっと、……ずっと心配していたんです」

「忍……」

戸惑いが立ち消え、ふつふつと歓喜が湧き起こってくる。積年の思いが溢れるように、雅は笑みを浮かべながら一気にまくし立てた。

「僕だって、ずっとお前のことが心配だった。お腹すかせたり、風邪ひいたりしてないだろうかって。暗闇が怖くて、厠《かわや》にも行けないでいるんじゃないかって。本当に、本当に忍なんだよね？」

よく顔を見せて、と伸ばした手に、目を閉じた忍が頬をすり寄せてくる。

「ああ……、兄さんの、手だ」

眉を僅かに寄せた弟は、その高い鼻梁《びりょう》を雅の手に押しつけ、すう、と深く息を吸い込んだ。呼気を吐き出し、睫《まつげ》を揺らして真っ黒な瞳を開く。

「俺ももう、子供じゃありませんよ。あれから、十年も経ってしまったんですから……」

ね、と微笑みかけられて、雅はじわりと目頭が熱くなった。

「そうだよね、ずっと離れてたんだものね……。ああ、ごめんね、つい興奮して……」

我に返った雅は、仕立てのよさそうな背広に皺が寄るのを気にして、慌てて身を離そうとした。しかしそれは、当の忍本人に遮られる。

「兄さん、そんなこと構わないでいいですから。それよりもっと、ちゃんと、俺にも確かめさせて下さい。ね、いいでしょう?」

聞くなり、忍は雅の体をぎゅっと抱きしめてくる。久しぶりに会ったにもかかわらず、以前と変わらない親密な抱擁《ほうよう》が嬉しくて、雅は頷きながら忍の背に腕を回した。

「こんなに立派になって……」

厚みのある体は、弟がもう一人前の男であることを如実に物語っていた。離ればなれになる前は自分と変わらない背丈で、手足だってもっと細かったのに、この十年で随分と成長したらしい。十代半ばで時が止まってしまったかのような雅と比べると、まるで兄弟が逆転したばかりか、忍の方が随分と年上のように見えた。

「兄さんは、ちっとも変わってませんね。あの頃の兄さんそのままで……」

ああ、と感に堪《た》えないように呻いた忍が、雅の髪に鼻先を埋め、何度も深く息を吸い込む。

「ふふ、くすぐったいよ、忍」

雅が笑みを浮かべて体を捩《よじ》ると、目を細めた忍が漸《ようや》く雅を解放する。酒杯の乗った宗和膳《そうわぜん》を傍《かたわ》らにどけ、座布団を引き寄せた忍に手を引かれた雅は、そこに腰を落ち着けた。向かいの座布団に胡座《あぐら》をかいた忍に、身を乗り出すようにして聞く。

「確か北小路様、だっけ？　貿易の仕事をしているって聞いたけど、すごいじゃないか、いつからそんな仕事を？」

天地から聞いていたことを思い返し、会えなかった間のことを話してくれとせがむ雅に、忍はひとつひとつ答えてくれた。

「はい、北小路の屋敷に引き取られてすぐ英国に留学させられて、あちらで寄宿舎暮らしをしていたんです。そこで、小遣い稼ぎも兼ねて家業を手伝い始めて……、つい先頃、やっと日本に呼び戻されたんです」

「英国に……」

そんなに遠いところに今までずっといたとはと驚くと共に、道理で洋装姿に浮いたところがないはずだと感心して、雅はくすぐったいような気持ちになった。

成長した忍は背も随分伸びていて、先ほども鴨居に頭が当たりそうだった。胸板も厚く、姿勢もいいから背広がよく映《は》えている。西洋化政策が進み、桜屋を訪れる男性客の中にもモダンボーイと称される洋装の客も増えたけれど、その誰よりも垢抜けていた。遊郭にいた十年前には舌足らずだった口調も、すっかり改まって落ち着いている。

それもこれも、あの時華族に引き取ってもらったおかげだと思うと、これまでの十年が報われたような気がして、雅はしみじみと呟いた。

「よかった……。忍がこんなに立派に育ってくれたなんて」

「……兄さん」

「本当に、お前を引き取ってくれた北小路様にはなんてお礼を言ったらいいか……」

ようやくほっと朗笑《ろうしょう》を浮かべた雅だったが、忍はその言葉を聞いた途端、眉を曇らせた。

「……兄さん、そのことなんですが……」

言いにくそうに、言葉尻を濁す。俯いた忍に、雅は心配になってその顔を下から覗き込んだ。

「どうしたの、忍？　気分でも悪い？」

「いえ、そうではなく……」

目が合った途端、忍が唇を噛み、膝の上の拳《こぶし》を握りしめる。雅はそっとその拳に自分の手を重ね、励ますように促した。

「なにか、相談ごと？　僕でよければなんでも聞くから……」

十年間離れていて、やっと会えたのだ。

弟に困った顔など、させたくはなかった。

冷たい拳を温めるようにさすると、すっと忍が顔を上げる。兄さん、と呟いた忍は、不意に雅の手を握り返してきた。

「驚くかもしれませんが、……実は先ほど兄さんが相手をしていた客を、俺は知ってるんです」

「え？　どういう、こと？」

唐突に言われた言葉の意味を測りかねて、雅は困惑した。確か天地は、待っている客は雅が子猫を拾ったところを見ていたと言っていた。とすると、忍が言っている先ほどの相手とは、まず間違いなく中瀬のことだろう。

「知ってるって……？　顔見知りっていうこと？」

「……それだけだったら、どんなによかったか」

ぎゅっと雅の手を強く握った忍が、一度躊躇《ためら》うように目を伏せてから、またまっすぐに雅を見つめてくる。雅はこくりと喉を鳴らして、続く忍の言葉を待った。

強い眼差しをした忍が、重々しく口を開く。

「……兄さん。兄さんと一緒にいたあの男は、俺の祖父なんです。北小路家の、当主なんですよ」

「きた、こうじ……？」

呆然《ぼうぜん》と繰り返して、雅は言われたその言葉の意味を理解しようとした。

けれど、どうしても頭が追いつかない。

北小路とは、忍を引き取った華族の名前ではないのか。

中瀬が、北小路家の当主？

忍の、祖父——？

「な、なに言って……、だって中瀬様って、さっきの方は、もう十年もそう名乗ってらっしゃって……」

がくがくと震える雅をじっと見つめながら、忍が言う。

「中瀬は家令の名前です。眼鏡をかけた、いつも祖父の傍に控えている男が、中瀬です」

「家令って……、もしかして、あの……」

思い起こされたのは、大門の外で待っていた男のことだった。生真面目そうな顔の彼は、確かに眼鏡をかけていた。

遊郭で偽名を名乗る客は珍しくない。おそらく中瀬、否、北小路は、仮初《かりそ》めの名として家令の名を使っていたのだ。

「じゃあ、……じゃあ、本当に……」

呆然とする雅だったが、その時、不意に忍が身を乗り出し、雅を腕の中に抱き込んできた。

「ああ、兄さん……。兄さんはきっと、なにも知らなかったんですよね？　なにも知らずに、あいつに騙《だま》されていたんですよね？」

長い腕に包み込まれながら、そう囁くように聞かれて、雅は力なくこくりと頷いた。

「し、知る訳、ないよ……。そんな、そんな恐ろしいこと……！」

かたかたと奥歯が鳴る。

忍と雅は父が違うから、忍の父方の祖父である北小路と雅とは、直接の血の繋がりはない。けれど、いくら血の繋がりがなくとも、弟の祖父が馴染み客だったなんて。

「な、なにかの、間違いじゃ……？」

一縷《いちる》の望みをかけて忍を見上げるが、痛ましそうに眉を顰めた弟は首を横に振った。

「……兄さんを探していた時、祖父が兄さんのところに通っていることを知ってしまったんです。今日はそれを確かめるために、ここへ。でも、兄さんがあいつと一緒のところを見たら、もう居ても立ってもいられなくて……」

そのまま深く、雅を抱き込んでくる。まるで何者からも守ろうとするかのように、何者からも隔てるように、深く深くその胸の中に兄を閉じ込めて、忍は小さく囁きを落としてきた。

「……兄さん。あいつも、知っているんです」

「……な、にを……」

「兄さんが、俺の兄弟だってことを。……知っていて、ずっと黙っていたんです」

ぎゅっと、腕の力が強くなる。震える雅を抱きしめたまま、忍が続けた。

「中瀬と話しているところを聞いてしまったんです。最初は息子を誑《たぶら》かした女の、もう一人の子供の顔を見に行っただけだったのに、かれこれもう十年も通っているとは、って。……そう言っていました」

「そんな……、そ、それ、じゃあ……」

込み上げてくる絶望感を堪《こら》えきれずに、雅は目の前の忍の胸元にしがみついた。一人では、とてもそのまま耐えきれそうにもなかった。

「じゃあ、最初から全部、……お前の兄だって知っていて、僕を……?」

一息に湧き上がった悪寒に、雅はぐっと息を詰まらせた。ぞわぞわと、虫酸《むしず》が走るような嫌悪に震える背を、忍の大きな手がゆっくりと撫で下ろしていく。

「兄さん……、ああ、可哀想《かわいそう》な兄さん……」

「し、のぶ……」

「なにも知らず、あんな奴にいいようにされて……。せめて俺が傍にいたら、こんな目には遭わせなかったのに」

ぎゅう、と強い力で抱きしめられ、雅は固く目を瞑って目頭が熱くなるのを堪えた。忍がゆっくりと背を撫でてくれるのに合わせて、深く呼吸を繰り返す。

可哀想、という忍の言葉が、棘《とげ》のように胸に刺さっていた。

忍は同情してくれているのに、兄の為に憤《いきどお》ってくれているのに、どうしてか、ようやく再会した弟に哀れまれるようなひどいことをされたのだと、改めて突きつけられた気がする。まるで、北小路につけられた傷跡を上から抉《えぐ》って、新たに血を流させられたような、そんな気が。

心が蝕《むしば》まれるような錯覚を覚えて、雅は呼吸が落ち着くのを待ってから、そっと忍の胸元を押し返した。案じるようにこちらを見つめてくる瞳に、大丈夫と頷いてみせる。

「ありがとう、……教えてくれて」

忍に傷つけられたなんて、考えすぎだ。忍もきっと、相当葛藤したに違いないのに。弟はただ単に、自分の重荷を軽くしようとしてくれているだけだ。

弱々しく微笑んだ雅を見て、忍がすう、と目を細める。

「……許せない、ですよね？」

ぽつりと落ちてきた昏い声に、雅は小さく息を呑んで目の前の弟を見上げた。

「忍……？」

頼るべきところを探す幼子のようにそう呼びかけると、忍の唇がふっと歪んだ笑みを形づくる。

「ねえ、兄さん。こんなこと、到底許せませんよね？　……なら、復讐しないと」

甘やかな低い声が、暗い水底にたゆたうように冷たく響く。記憶の中の弟とあまりにも差異のある忍の表情を目の当たりにして、雅は狼狽《うろた》えてしまった。

「復、讐って……」

言われた単語の響きの持つ不穏さに、訳もなく怯えそうになる。けれど、そんな兄を宥《なだ》めるように、引きずり込むように、弟はその笑みを深めた。

「ええ。復讐、です。あの卑怯者に、復讐しないと。俺を兄さんから引き離して、十年間も兄さんを騙していたあの爺に、その罪深さを思い知らせてやらないと」

「なに、を、言って……」

あまりにも突飛《とっぴ》な話に雅が戸惑うと、忍は冷たい手を雅のそれに重ねてきた。びくっと反射的に震え、手を引きかけた雅だったが、兄さん、とやんわり言った忍に引き戻される。慈《いつく》しむように親指で雅の手の甲をゆったりと撫でながら、忍はまるで詩でも詠《よ》むかのような調子で言った。

「だって兄さん、やられたらやり返すのは当然のことでしょう？　……大丈夫。全部、俺が考えてありますから」

「考えて、って……。忍、なにを……」

「簡単なことです」

穏やかに微笑んで、忍はするりともう片方の手を雅の頬に伸ばしてきた。頬を撫でた指の背をそのまま滑らせて、雅の耳に鬢をかける。

「あいつが俺を日本に呼び戻したのは、家業を継がせる為なんです。中瀬と話している時、あと一年で俺に家督を譲って、田舎で兄さんと暮らすつもりだと言っていましたから」

「一年、って……、それじゃあ……」

先ほどの逢瀬《おうせ》で、老人が一年と期間を区切っていたことを思い出す。それに、世話をする姿を女房のようだとからかわれたことも。

あれはそういう意図があってのことだったのかと愕然とする雅には構わず、忍が続ける。

「でもね、兄さん。俺はあと一年も、兄さんをあいつのいいようにさせるなんて、御免《ごめん》なんです。やっと、やっと兄さんの傍に戻って来られたのに、そんな地獄、耐えられない」

「忍……」

ぐっと眉根を寄せて苦悩する忍を見ていられず、雅は忍の手をそっと取った。忍の言い出したことは恐ろしかったけれど、弟は兄の自分を案じてくれているのだ。自分がしっかりしなければと、心を奮い立たせる。

「大丈夫だよ、忍。忍が事実を教えてくれたんだから、ちゃんと楼主様にお話しして、これからはお断りすれば……」

「兄さん」

雅の言葉を躊躇《ちゅうちょ》なく遮ったのは、他ならぬ忍だった。その唇には、奇妙なまでに穏やかな微笑みを浮かべている。

「ねえ、兄さん。そうは言っても、あいつが金を積んだらどうするんです？　火事で楼主が前よりましな人間に変わったとは聞いていますが、それでも色町は金がすべてでしょう？　あいつがどうしてもと望んだら、兄さんは拒みきれない」

断言して、忍は雅の手にすっと指を絡めてきた。氷のように冷たく長い指が、蜘蛛《くも》の網のように雅の指の一本一本を搦《から》め捕《と》っていく。

「でも、俺が家督を継いだら、すぐに兄さんをここから出してあげられます。そうしたら兄さんはもう、ずっと俺と一緒にいられるんですよ」

素敵なことでしょう、とうっとりと夢見心地に語る弟を目の前にして、雅はどうしてか居心地の悪さを感じずにはいられなかった。

ずっと会いたかった、弟なのに。

離れていても大事に思っていた、はずなのに。

雅にとっても好ましいはずの未来を語るその言葉が、何故か受け入れ難く感じる。

どうしてか、頷けない。

「しの、ぶ……？」

不思議と募っていく不穏な焦燥《しょうそう》感に身を引きかけた雅だったが、絡みついた忍の冷たい手が緩む気配はなかった。むしろ、雅が逃げる気配を感じ取ってか、ぐっと引き寄せられる。

顔が近くなった忍が、歪んだ笑みを深めた。

「ねえ、兄さん。その為にも、俺に身請けされてくれませんか？」

「み、身請け……？　どうして、そんな……」

狼狽えた雅に、兄さん、と凪《な》いだ水面のように穏やかな声で、忍が確認してくる。

「この色町で身請け話が持ち上がった場合、実際に身請けされるか話を断るまでは、他の客とは寝ないで済む。……確か、そうでしたね？」

「う、うん……、そう、だけど」

今まで雅は、身請けを持ちかけられてもその場ですべて断ってきた。けれどもし身請け話を保留にした場合、その間の花代は、身請けを言い出した馴染み客が持つことになっている。正式に身請けされるか、話を断るまでは、座敷遊びだけの昼見世はともかく、夜の床入りでは他の客の相手をしなくなるのが慣例だ。

おずおずと頷いた雅に、忍がさらりと事も無げに言う。

「では、俺が兄さんに身請けを持ちかけますから、兄さんは悩む振りをして、祖父を焦《あせ》らせて下さい。引退を早めさせて、すべてをあいつから奪ってやるんです。なにもかもを取り上げた後、俺たちが事実を知っていると明かせば、あいつに罪の重さを思い知らせてやれるでしょう？」

「そ、んな……」

恐ろしい計画を明かす忍に、雅は体の震えが止まらなかった。

忍がそんなことを言い出すだなんて、俄《にわか》には信じ難い。目の前の忍が、弟の皮を被った化け物にすら思えてくる。

本当に、これは忍なのだろうか。

十年前に別れた、弟その人なのだろうか。

「そ、んな……、そんなこと、駄目だよ、できない……！」

「どうして？」

「どうしてって……」

「だって、十年も兄さんを踏みにじっていた男ですよ？　俺から兄さんを奪ったと言っても過言じゃない。あんな畜生《ちくしょう》にも劣る爺、どうなったって構わない。……そうでしょう？」

平然とそう言いきった忍が、くすりと口元を酷薄《こくはく》に歪める。そんな笑い方をさせたくはなくて、雅は懸命に頭を振った。

「違う、忍……！　確かにひどいと思うし、悔しいけど、それでも復讐なんて間違ってるよ……！」

やられたらやり返すのが当然だなんて、いつからそう考えるようになってしまったんだろう。十年前は、一緒にいたあの頃は、優しくてあどけない、それこそ暗闇を怖がって泣くような弟だったのに。

誰かに復讐するなんて、考えもつかないような子だったのに。

「忍が怒ってくれるのは嬉しいよ。けど、僕にはそれで十分だから」

自分に置き換えてみれば、忍の怒りも分かる。北小路とは直接血が繋がっていないとはいえ、実の孫の兄弟だと知っていて手を出したのだ。雅が逆の立場だったら、殺してしまいたいほど憎んだかもしれない。

けれど、雅はもう十二年もこの身を男に売って生きている。北小路に身を委《ゆだ》ねた時でさえ、もう男に抱かれる快楽を知っている身だった。そんな兄の為に、忍が復讐なんて恐ろしいことに手を染める必要はない。

「だから、復讐なんてやめよう？　過ぎたことは仕方がないんだから……」

宥めるように言った雅だったが、忍は酷薄な笑みを浮かべたまま、首を横に振った。

「……俺は、そんな言葉で済ませられないんです。漸くここまで、兄さんの傍まで戻って来られた。もう誰にも、兄さんを触らせない。……誰にも、渡さない」

「でも、しの……っ、……っ！」

呼びかけた雅は、忍に肩を強く押されて勢いその場で仰向けに転がった。薄桃色の振袖が、畳に色水を撒《ま》いたように打ち広がる。

両腕を押さえ込まれ、上から忍にのし掛かられて、雅は目を瞬かせた。

「な、に……？」

痛みより驚きが勝って目を丸くした雅を、忍がじっと見下ろしてくる。先ほどまでの酷薄な笑みを打ち消した忍は、光のない、昏い目をしていた。闇色の目はまるで大門の外の世界のようで、雅はそのまま自分が呑み込まれてしまいそうな錯覚に戸惑いを覚える。

どうして忍がそんな目をするのか、分からない。

こんな目をした弟は、知らない。

「……ねえ、兄さん。どうして、あいつを庇《かば》うんです？」

低く、甘い声。

雅の知らない、声。

「本当は、なにもかも知っていたんですか？　全部知っていて、あいつに身請けされるつもりだった？」

「違……っ、そうじゃない、違う、忍！」

誤解したようなその問いかけに、雅は必死に声を上げた。

「知らなかった、本当に……！　知っていたら、僕だってお相手する訳ない……！」

「……兄さん」

「本当だよ、本当に……、信じて、忍」

こんなことで、折角《せっかく》再会できた弟とすれ違いたくはない。懸命に訴える雅だったが、じっと兄を見下ろしていた忍は、ややあってふっと嘲《あざけ》るような色を目に浮かべて言った。

「……知っていても、拒めなかったんじゃないですか？」

少し厚めのその唇から、兄を侮蔑《ぶべつ》し、嫌悪するような言葉が飛び出てくる。

「兄さんの行方を調べている途中、色々な噂を耳にしました。桜屋の吉野太夫は舞も琴も上手だけれど、なにより床での恥じらいが客を夢中にさせる、と。どんな客にも従順に乱れるくせに、いつまでも初々しい、まるで咲き初めの桜のようだ、と。……案外兄さんも、祖父と知っていて愉しんでいたんじゃないですか？」

「……そ、んな……」

嘲るようにそう言われ、雅は仰臥《ぎょうが》したままくらくらと目眩《めまい》を覚えた。どこから出た噂か分からないが、それをそのまま忍に信じてほしくはなかった。

自分が体を売り続けているのは忍の為だなんて、そんな恩着せがましいことを言うつもりは毛頭ない。けれど、そこに兄としてできることをしたいという意地はあった。

確かに、自分で腹を決めて色を売ってはきたけれど、決して望んで男に身を任せていた訳ではない。淫らな体を恥じていたし、厭わしく、悔しく思っていた。

忍には、他ならぬ忍にだけは、それを分かってほしかった。

「違う……」

喘ぐようにそう言うのが精一杯の雅を、忍がじっと冷たく観察するように見つめてくる。歪んだ笑みを浮かべ、忍はゆっくりと噛みしめるように言葉を落としてきた。

「……なにが、違うんです」

すう、と昏い目が細められる。

そこには、まるで洞《ほら》のように暗鬱《あんうつ》とした闇が広がっていた。

「兄さんがあいつに抱かれたのは、事実でしょう？」

冷たく、突き放すような声に、雅はびくりと身を竦めた。

「しの、ぶ……」

唇が、震える。

その問いに答えることは、できなかった。

「ゆ、許し、て……。本当に、……本当に、知らなかったんだ」

切々と訴える雅を、忍が感情の浮かばない冷たい目で見下ろしてくる。

辛かった。

漸く再会できた、たった一人の弟から、そんな目を向けられる自分が、呪わしかった。

ややあって沈黙を破ったのは、忍の方だった。

「……ねえ、兄さん。本当に知らなかったと言うなら、協力できるはずでしょう？　あいつに、復讐するんです」

ゆっくりと、忍の指先が雅の首筋をなぞる。まるで血が通っていないかのようなその冷たさにぞわりと背筋が震えて、雅は視線をさ迷わせながらもそれを拒んだ。

「で、できない……、それは……」

怯えながらもそう答えた雅だったが、忍は軽くため息をつくと、肩を竦めた。

「……なら、仕方がありませんね」

「忍……」

分かってくれたのかと、ほっと息を吐いた雅だったが、忍が上からどく気配は一向にない。どころか、ネクタイを引き抜くと、あっと言う間に雅の両手首をそれで縛《いまし》めてしまった。

「なにを……っ、忍……？」

「暴れると怪我をしますよ。兄さんの綺麗な肌を傷つけるような真似、俺にさせないで下さい」

穏やかな微笑みと行動がちぐはぐすぎて、恐怖だけが積み重なっていく。かちかちと歯を鳴らす雅の頬を、忍はその冷たい手でそっと撫でてきた。

「兄さん……。兄さんがよくても、それでは俺が困るんです。俺は一刻も早く、あいつから家督を奪ってやらなきゃならないんですから」

「家督って……」

「俺は、大人しく一年も待っている気はないんです。どうあっても、兄さんに協力してもらわないと」

昏い、昏いその目には、自分が映っていた。

彼にとっては兄である、自分だけが。

「でも、いくら口で言っても、兄さんは納得してくれないようですから」

ぎらりと、忍の目に刃のような光が混じる。

それは、これまで雅が幾多もの男から向けられてきた欲望と同じ匂いのするものだった。

「し、のぶ……？」

「だったら、体で言うことを聞いてもらう他、ありませんよね？」

忍の目に浮かぶ情欲の色が、ますますその濃さを増す。

嫌だ、と雅は必死に首を横に振って、目の前の現実を否定しようとした。

そんなはずはない。

忍が、弟が自分を犯そうとしているだなんて、そんなはずは——。

「兄さんが男を拒めない淫乱だってことを、俺が教えてあげます」

唇が、歪む。

うっとりと恍惚の笑みを浮かべて、忍は低く甘い囁きを紡いだ。

「兄さんは俺の、俺一人だけのものなんだから……」

「忍……！」

突き落とされた真っ暗な絶望に、雅は悲鳴を上げた。

囚われた深淵から這い上がる術は、持っていなかった。


普段なら床入りしても解かない前帯は、揉み合う内に崩れて解けてしまった。帯さえ解けてしまえば、あとはたやすい。

組敷かれることには慣れていても、抗うことなど今までなかった雅は、体格の差もあってやすやすと押さえ込まれ、あっと言う間に着物の合わせをはだけられてしまっていた。

「し、の……っ、忍、解いて……！」

両の手首を忍のネクタイで縛められた雅は、薄桃色の振袖と緋襦袢に腕だけを通した格好で、その白い肢体を恐怖に打ち震わせていた。結い上げていた髪も崩れ、さらさらと畳に流水紋を描くばかりになっている。

腿の上に馬乗りになった忍が、じっと雅を見下ろしながら背広を脱ぎ捨てる。ばさりとそれを畳の上に放った忍は、長い指を雅の方に伸ばしてきた。

「……兄さん」

そうっと髪を撫でられて、雅は縋るように忍を見上げた。許してくれるのではという、かすかな期待を込めて。

しかしそれは、続く忍の言葉に打ち砕かれた。

「さすが、吉野太夫ですね。……いやらしい体だ」

「ひっ……」

ぐいっと肩を摑まれて捻っていた体を仰向けにされ、無防備な体の前面を弟の眼下に晒される。ぷちりと尖った胸の先に、窪んだ臍《へそ》に、淡い茂みの合間で縮こまった小振りな性器に、視線が生き物のように絡みついてきた。

「なんで、こんなことまで……」

どうにか逃れようと身を竦め、恐怖に声を震わせた雅だったが、忍は微塵《みじん》も罪悪感を感じていないかのように、うっとりと微笑みを浮かべた。

「兄さんが、強情だからじゃないですか。俺は兄さんの為に復讐しようって言ったのに、納得してくれない兄さんが悪いんです」

すう、と忍の指先が雅の体をなぞる。まるで凍りついたように冷たい指先だった。

「ああ、本当に、兄さんの体だ……」

「や、め……」

「ねえ、覚えてますか？　まだ俺が一緒にいた頃、客を取った後の湯浴《ゆあ》みで、時々俺が兄さんの背中を流すことがあったでしょう？」

ゆっくりと脇腹をなぞり、辿り着いた臍の窪みをくすぐりながら、忍は続けた。

「あの時は俺もまだ小さくて意味が分からなかったけど、いつも兄さん、泣くのを我慢していましたよね？　股の間から白いものが垂れていて……、あれがずっと、忘れられなかった」

「そんな、こと……」

とろとろと垂れ落ちるその情景を再現するように、忍が指先を腿に這わせてくる。綺麗な肌、と慈しむように微笑む弟がこの状況に不釣り合いで、そのいびつさに恐怖が、混乱が増していく。

「やめ……っ、嫌だ、忍……っ」

「向こうの寄宿舎でその手のことを覚えて……、でも、思い出すのはいつも、兄さんの後ろ姿でした。あっち向いてて、って俺に言って、自分で尻から精液を掻き出す兄さんのこと、本当はいつも、ずっと、見てたんです」

「な、なんで、そんな……」

恥ずかしい姿を見られていたことも、わざわざそれを知らされた理由も分からなくて、ただ耐え難いほどの羞恥に襲われた雅は、かあっと頬を赤らめた。けれど忍は雅の問いには答えようとせず、体を移動させるや否や、ぐっと両手で雅の膝裏を押し上げた。

「やめ……！」

畳に頬を押しつけて、雅は恥ずかしさに唇をきつく噛んだ。外気に竦んだ後孔は、もう濡れて蕩《とろ》けている。慎ましやかに揃った襞《ひだ》は、しかしながらぽってりと薄紅に色づいて濡れ光り、どう見ても男を誘っているとしか思えない情景だった。

ごくりと、忍が喉を鳴らす。

「準備、してあるんですね。ここ、俺に抱かれる為に自分で濡らしたんでしょう？」

「ちが、う……っ、お前が来るなんて知らなくて、だから……！」

必死に否定する雅に、忍がうっすらと微笑む。

「ああ、そうでしたっけ。祖父の時も、きっとそうだったんでしょうね？」

「忍……」

「毎晩、相手が誰かも知らないまま抱かれる準備をして、金を払った男になら誰にでも足を開いて……。そうでしょう、兄さん？」

違うと否定することはできなかった。

けれど、それを肯定することの方が、もっとできなかった。

ぎゅっと目を瞑って、せめてもと身を強ばらせた雅だったが、忍の指先は無情にも、雅のそこをひたりと捕らえてくる。息を詰めて後孔を締める雅を嘲笑《あざわら》うかのように、忍はぬるぬると執拗《しつよう》にそこを撫でてきた。

「やめて……、嫌、……嫌だ……！」

硬く身を強ばらせて震えている雅に、忍が優しげな声で続ける。

「嫌なら、承諾して下さい。復讐に手を貸すって」

「そんな、こと……！」

小さく首を振って、雅は拒む。兄として、弟の過《あやま》ちは正さなければならないと、そう思った。

「復讐なんて、よくない……！　そんなの間違ってる……！」

「……兄さんなら、きっとそう言うと思っていました」

拒まれてむしろ嬉しそうに、忍が微笑む。

「でも、それでは駄目なんです。……俺と同じところまで、堕ちてもらわないと」

「し、のぶ……？」

「兄さんは俺の……、俺だけの、ものなんだから」

呟いた忍が、唇を歪める。けれど、それは一瞬のことだった。

「ねえ、兄さん。さっきも、あいつにここを可愛がらせたんですか？」

「やめ……っ」

行為を再開させた忍が肉の輪に、ぬるりとほんの少し、指を埋めてくる。くちゅくちゅと、小刻みに花弁を散らすように指先を蠢《うごめ》かしながら、忍はぺろりと唇を舐めて笑みを深めた。

「あいつに抱かれて、よがって……、それでもう、次の男を喰わえ込もうとしていたんですよね？」

「しの……」

「なら、俺がその男になったっていいはずでしょう？　俺だって、兄さんを買った客には違いないんですから」

ぐっと指先に力が籠《こ》もる。必死に身を捩ろうとしても、膝裏を押し上げる忍の手の力は強く、かえって誘うように尻が揺れただけだった。

「忍、やめ……っ、嫌、や、あ……！」

みち、と蕾《つぼみ》を強引に割り開いてくる指に、雅は闇雲に頭を振った。畳に長い髪が擦れて、しゅらしゅらと音を立てる。

「あ、あ……っ！」

「ああ、兄さん……。ちょっと触っただけで、こんなにすぐ蕩けるなんて……」

恍惚の笑みを浮かべた忍が、押し出そうとする内壁に逆らって、ぬちぬちと指を押し込んで来る。奥までずっぽりと節くれだった長い指を入れられてしまうと、感じまいとする雅の意思を裏切って、媚肉が歓迎するように蠢き出した。

「やめ、いや、やぁ……っ」

身を捩り、なんとか逃れようとする雅に、忍が喉奥でくっと低く笑う。

「……それで、拒んでいるつもりですか？」

突き放すように言い、忍は雅の下腹にもう片方の手を伸ばしてきた。もう形を変えた花茎をぐっと握り込まれ、雅はくっと息を呑んで腰を捩ろうとする。

「尻を弄《いじ》られただけで、もうびしょ濡れじゃないですか」

言葉と共に絡みついてきた手が、とろりとした蜜に濡れた先端に行き着く。

「ち、ちが……っ」

「なにが違うんです。俺の手で、弟の手で感じているくせに。ほら、……ほら！」

「や、あ、あっ、あああ……！」

容赦なくそこを上下に扱《しご》かれ、後孔に埋め込んだ指で奥を探られて、雅は身も世もなく喘いだ。男の手から快楽を与えられることに慣れた体が、強引な愛撫に乱れ堕ちていく。

「やめ、て……っ、ああ、んっ、ん、ん……！」

とろ、と溢れ出た透明な滴《したた》りを、指先で拭って全容になすりつけ、筒状にした掌《てのひら》全部を使ってぬちゅぬちゅと扱き立てる。同時に、後ろを穿《うが》つ指をくねくねと小蛇のように操って、忍は雅の泣き所を探り当てた。触れられたそこから、じわりと快楽が滲む。

「そこ、は……っ、駄目っ、駄目だから……っ」

「……ああ、ここですか？」

ひそ、と囁くように笑みを落とした忍が、甘い澱《おり》を溜めるように、そこを指先で捉えたまま円を描く。ひっと目を見開き、体を強ばらせた雅に、忍がうっとりと目を細めた。

「ここが、いいんですね？　兄さんはこうして、尻の孔を男の指で抉られるのが大好きなんだ？」

「い、や……っ、く、んぅ……！」

くちゅ、ぐりゅ、と通和散を塗り込めるように蠢く指に、雅は唇を噛んで嬌声《きょうせい》を抑えようとした。けれど、もう既《すで》に二箇所も弄っているというのに、忍は更に愛撫を加えてこようとする。

「ここも、散々男に吸わせてきたんでしょう？　こんなにいやらしく尖らせて、誘って……」

「ひゃ、ああ……っ」

緋襦袢の陰に隠れていた胸の粒を、突き出した舌でべろりと舐め上げられる。縛られた手をどうにか動かして忍の頭を押し退けようとするのに、荒く熱い息を吐いた忍は、無理矢理そこに頭を突っ込んできた。雅の抵抗などお構いなしに、ぷちりと尖った乳首を舐めねぶってくるその姿は、まるで極上の餌を与えられて夢中になっている獣のようだった。

「や……っ、い、や……！」

ちゅうちゅうと赤子のように吸ったかと思えば、舌先で転がし、潰れそうなほどぐりぐりとくじり、唇で引っ張ってと、いいように弄《もてあそ》ばれる。片方が終わると、もう片方にも同じ愛撫を加えられた。

「しの、ぶ……、忍、やめ、て……っ」

「今更なにを言うんです。弟相手に、こんなに感じているくせに」

「ひぁ、ああっ！」

詰《なじ》られると同時に、穿つ指の数を増やされた。ぐぬう、と奥まで開かれていく感覚に身悶《みもだ》える雅を見て、忍が嘲《ちょう》笑《しょう》するような笑みを浮かべる。けれどそれは、どこか傷ついたような悲しげな色を伴った笑みだった。

「ほら、少し弄られただけで、もう逆らえないじゃないですか。本当は兄さんも、もっとしてほしいんでしょう？」

「そ、んな……っ、こと……っ！」

「前も後ろもこんなにどろどろにして……。……ああ、兄さんの、いい匂いが、する」

上下に喘ぐ雅の胸元に鼻先を押し当て、すう、と深く息を吸い込む。甘い、と舌を這わせた忍は、真っ白な肌をきゅう、と強く吸って、そこに鮮やかな痕を残した。浮かび上がった所有の印に、くっと眉を寄せる。

「し、の……ひっ、あああっ！」

どうしてそんな顔をするのかと名前を呼ぼうとした途端、とぷりと先走りを零した陰茎の割れ目をぐりぐりと指先で苛《さいな》まれて、雅は耐えきれずに高い声を放った。同時に、蜜壺と化した後孔を揃えた指でぐちゅぐちゅと掻き混ぜられて、訳も分からないまま与えられる快楽に翻弄《ほんろう》される。

兄の甘い悲鳴に、忍がますます傷ついた目をしながら、その笑みを深めた。

「……淫乱。節操のない雌犬だって、きっとこれほど乱れませんよ」

「や……、いや、あ……」

三点を同時に容赦なく責められて、雅は啜り泣きを漏らした。

駄目だと自制しようとすればするほど、体の奥底で情欲の炎が燃え上がるようだった。

弟の手にさえ乱れる己の体が、厭わしい。

厭わしくて恨めしくて、たまらなく恥ずかしい。

けれど、だからこそ抗い難いほど強く鋭い快感に溺れてしまいそうになる。

外して、しまいそうになる――。

「……ねえ、兄さん。あいつは、どうやって兄さんを抱いたんです？」

びくびくとのた打つ雅の体を押さえ込んで、忍が潜めた声で問うてくる。甘く優しい声は、雅の記憶にある声よりずっと低く、艶めいていた。

「言え、な……っ、ひ、あああ……！」

闇雲に首を横に振ると、ぴんと尖った胸元の肉粒に歯を立てられる。

「痛……っ、し、のぶっ」

「答えて、兄さん」

噛んだ箇所をぬるぬると舌で舐め溶かしながら、ねっとりと指で肉筒を探られる。根元まで嵌められたまま、より奥へと突き込むようにぐっ、ぐっと穿たれると、熟れきった淫らな襞がより確かなものを欲して忍の指に吸いついた。

「ひう、あ、いや、や……！」

「あいつの男からも、こんな風にして精を搾り取ったんでしょう？　この奥にぶち撒けられて、今まで何度気をやったんです？」

「いやあ、ああ、あ……っ！」

「答えろ……！」

苛立ったように、忍が雅の花茎の根元を指で縛めてくる。強く圧迫され、渦《うず》巻く欲求を果たせない苦しさに翻弄されて、雅はがくがくと総身を震わせた。

それでも、弟に客との情事を、ましてやその正体が弟の祖父と分かった相手との情事を話すことなんてできない。必死に首を横に振る雅だったが、それは忍の目には別の意味に映ったらしい。

「……そんなに、あいつのことを庇うんですか?」

「ち、違……っ」

「兄さんは、俺よりあんな卑怯者の方が大事なんですか……?」

「ひあっ、あ!」

前を圧迫する指はそのままに、容赦なく蕾に埋めた指をぬちゃぬちゃと抜き差しされて、雅はついに口を割った。誰よりも大事な弟に、このまま誤解されたくはなかった。

「中瀬……、様は……っ、もうご高齢で、だ、から……っ、いつも見てらっしゃるだけで……!」

吐露《とろ》した雅に、忍は一瞬驚いたように目を瞠り、その後くっくっと小さく笑い出した。

「見てる、だけ? 不能なんですか、あの爺? ははは、あはは……!」

ひとしきり高らかに哄笑《こうしょう》した忍は、うっすらと笑みを残したまま、雅に再度問いかけてきた。

「でも、最初からずっとって訳じゃないでしょう? 十年も馴染みだったんですから、今はどうあれ、昔は抱かれていたはずだ」

「そ、れは……、ひ、ぃあ……っ!」

ぬぷ、と後孔から指が抜け落ちていく。突然縋りつくものを失ったそこが物欲しそうにひくつくのをじっと見つめた忍は、前立てをくつろげ、ずるりと己のものを取り出した。

「ひ……っ!」

弟の熱塊《ねっかい》を目の当たりにして、雅は顔を青ざめさせた。まさか本当にそこまでする気だなどと、信じたくはなかった。

「し……のぶ……」

わなわなと震える兄に、忍が歪んだ笑みを深めた。

「こんなに色狂いな体で馴染みの男が役立たずじゃあ、兄さんも随分持て余していたでしょう？

……俺が、兄さんを抱いてあげます」

「やめ……っ」

ゆるゆると懐刀《かいとう》を扱いて完全に勃起させた忍が、その切っ先を雅の蜜口にあてがう。恐れ慄《おのの》く雅の心とは裏腹に、そこは従順に、淫らな赤い花を咲かせた。

焦《じ》らすように先端で花弁をぐちゅぐちゅと散らしながら、忍が舌で唇を湿らせる。

「入り口に当てただけで、ほら……、ね？　嬉しそうに吸いついてきてるじゃないですか」

「忍……、忍、お願いだから……、それだけは……！」

許して、と懇願する雅の頤《おとがい》を指先に捕らえ、忍がきつく目を眇める。

夜の底のように昏い、昏い瞳だった。

「……俺だけ拒むなんて、許さない」

「し、の……」

「今までずっと他の男に抱かれてきたくせに、俺だけ嫌だなんて、聞きたくない……！」

「ひっ、あ、だ……めっ、嫌あああ！」

ぬぐり、と雄刀が雅の後孔を割る。張り出した先端がぐぶりと埋没《まいぼつ》すると、もう拒むことは叶わなかった。

「う……、ひ……っ！」

「ああ、……兄さん」

陶然《とうぜん》とした表情で、忍がぐぐう、と腰を押し込んでくる。ずぶずぶと全容を埋められて、雅は胸を喘がせた。

灼熱は、過ぎるほどに太く逞《たくま》しく、極上の雄の味がした。もうこれ以上ないと思っても、まだ奥へと沈んで来る。若い砲身に、熟れた肉筒ははしたなく涎《よだれ》を垂らし、もっともっと誘うように吸いついた。

けれど、淫らな体とは裏腹に、凄まじい罪悪感に襲われた忍は恐慌に陥っていた。かちかちと歯が鳴り、体の震えがとまらない。

「し、のぶ……、忍……」

弟に、犯されている。その事実が、受け止められない。その現実を、認めることができない。

けれど、その罪に打ちのめされているのは雅だけのようだった。

「……っ、は……！　なんです、この体……。すごい、締めつけてきて……」

雅の頬をべろりと舐め上げ、忍は密着させたまま腰を大きく回してきた。脈動する肉棒にぐりゅう、と内壁全部を擦り立てられて、雅はびくびくっと体を仰け反らせる。

「う、んあっ、あああっ、あ！」

「ん……っ！　……ふふ、兄さん」

どろりと濡れた雅の腹に指を伸ばして、忍がそこに漏れ出た白濁を掬い取る。雅の、精だった。

「本当に、男なら誰でもいいんですね。弟に挿《い》れられただけで外すなんて……」

「ち、がう、違う……っ」

「なにが違うんです。そんないやらしい顔をして。犯して、って顔に書いてありますよ。もっと、って」

「い、いや……あ……」

ちゅぷ、と己の指先に絡んだ雅の白蜜を舐め取って、忍が酷薄な笑みを浮かべる。甘い、と呟いたその唇の狭間《はざま》に、兄の精液を味わうようにねっとりと蠢く舌がちらりと見えて、雅はたまらず顔を逸《そ》らした。けれど、いくら視線を背けても、ごくりと喉を鳴らす音が、もう一度掬った白濁をにちゃ、ねちゃ、と舐めねぶる音が、雅の耳を犯す。

「やめ……っ、やめて、そんなこと……！」

弟に己の体液を味わわれるという、常軌《じょうき》を逸《いっ》した行為に耐えかねて思わず叫ぶと、忍がふん、と面白くなさそうに鼻を鳴らした。

「往生際が悪いですよ、兄さん」

雅の頤を摑んで、そのまま顔を近づけてくる。

「……俺を拒む言葉なんて、聞きたくありません」

「しの……っ！」

悲鳴は、忍の唇に吸い込まれた。

嫌、と小さく喘ぐ雅の薄紅色の唇に熱い舌が捩《ね》じ込まれ、口腔《こうこう》を舐めねぶられる。溢れ出る唾液をまるで甘露《かんろ》のように余さず啜って、忍は雅の唇を思う様蹂躙《じゅうりん》してきた。

うっすらと差した紅が忍の唇に移り、それがまた雅の口元を汚す。

「ん……っ、や……！　んあっ、あっ！」

「……ん」

「ふ、ん……っ！　んんぅ、ああ……！」

嫌だと頭を振って解くと、ずんと強引に後孔を突かれる。くらりと酩酊《めいてい》しそうなほどの快感に頭が真っ白になると、顎を引き戻されてもう一度唇を重ねられた。

何度嫌だと振り解いても、その度にそうしてくちづけられ、深く深く搦め捕られていく。

「……兄さん」

合間に何度も囁きながら、忍は殆ど噛みつくようにして雅の唇にむしゃぶりついてきた。すべてを奪うように舐め尽くされ、吸われて、雅は息もろくに吸えずに忍の激情の渦に押し流されてゆく。

つぅっと耳の下まで垂れた蜜を、忍の舌が追いかけて舐め取った。

ああ、と熱い吐息が耳孔に当たる。

小さな耳朶《じだ》を舐めしゃぶられて、雅はぼんやりと視線をさ迷わせた。濡れた目の焦点が、うまく合わない。

「あ……」

存分に雅の唇をなぶった忍が、身を起こしてうっすら笑みを浮かべる。光のない闇が、そこにはあった。

「し、のぶ……」

夢なら、覚めてほしかった。

けれど。

「動きますね、兄さん」

「い……、嫌……！」

叫ぶ雅の片足を軽々と抱え、足の奥を曝《さら》け出させた後、忍は繋がったそこをくん、と軽く突き、ずるずると懐刀を抜き始めた。熱塊が潤んだ肉壁を捲り上げ、いっぱいに開いて過敏になった花弁を擦っていく。

「ひ、あ、いや、いやあ……！」

「入り口、赤い襞が捲れてますよ……。俺のに纏わりついて、やわらかいのにきつくて……。ふふ、気持ちいいんでしょう、兄さん？」

「う、く……っ、や、いやぁ……！」

再びひくひくと頭をもたげた雅自身を、忍が指の背でそろりと撫で上げる。ぴくっと腰を揺らした雅を見て、忍は喉奥で低く笑い、手をもとの位置に戻してしまった。

「兄さんは挿れただけで外すような淫乱なんですから、こちらはもうしなくてもいいですよね？このまま弟に尻を抉られて、よがり狂ってしまえばいい……！」

雁首《かりくび》が抜けるぎりぎりまで腰を引いた忍が、皺がないほどいっぱいに開いた後孔に狙いを定める。亀頭の段差で入り口を引っかけるようにして抽挿されると、そこがちゅぽちゅぽと卑猥《ひわい》な音をさせて啼《な》き喘いだ。

「ああ、や、いやあ……っ、あっ、あっ！」

「嫌だなんて、嘘ばっかり」

抱えた足の膝裏にくちづけて、忍は雅のその片足を自分の肩にかけてしまった。雅の腰が僅かに浮き、不安定に揺らめく。

「いい、でしょう？」

「……っ」

言葉を強要されて、雅は潤みきった目で忍を見上げた。答えられなくて、ゆるく頭を振る。

「……兄さん」

仕方ないとでも言うかのように軽くため息をついた忍は、雅の腰を両手で掴むと、そのままぐっと雄根を蜜壺に埋めてきた。ぐじゅう、と隙間から淫蜜が溢れ、雅の尻の狭間にどろりと流れ落ちていく。

「や、あっ、深、い……っ、いやっ、やあ……！」

「俺は客なんですよ、兄さん。気持ちいい、もっとって、買われた旦那に甘えて縋るのが、兄さんの仕事でしょう？」

上体を倒した忍が、縛られたままの雅の腕を掴み、その腕の輪に自分の頭を通す。言葉通り、忍の首元に雅が縋りつくような格好だった。

そのままゆすゆすと体ごと揺すり上げられて、はだけられた胸元が忍のシャツに擦《うす》れる。冷たい感触がたまらなく心細いのに、さらりとした布地に擦られた乳首が、じんじんと疼くような快感を拾い上げてしまう。

「……っ、ああ、でもこんなにいいんじゃ、旦那の方が保たない、か……っ」

「し、のぶ……っ、あ、あっ……」

「ひ……！」

ぐちゅっ、ぬちゅっと、抜き差しの音が次第に大きくなっていく。時折尻にぴちっと忍のふぐりが当たって、敏感になった孔の周りに下生えが擦りつけられた。

「はや、い……っ、はや……っ、あ、あん、んんっ、んっ！」

「ああ、兄さん、兄さん……っ」

嚙みそうな舌を舐めしゃぶられ、胸の粒を捻るように引っ張られる。雅がびくびくと体を痙攣《けいれん》させると、忍が合わさった唇を悔しげに歪めた。

「本当に、こんなに、誰に仕込まれて……っ」

「い、いやっ、やっ、おっき、い……！」

「は……っ、好きなくせに……！」

「ひ……！」

浮いた尻をぴしゃりと叩かれ、びくっと腰が跳ね上がる。どんなに堪えても、男の動きを追いかけるように、うずうずと腰が揺れるのがとめられない兄に、忍が酷薄な笑みを浮かべた。

「少しは慎んだらどうです、兄さん？　口でいくら嫌がっていても、そんなにはしたなく尻を振っていたんじゃ、誰も信じやしませんよ？」

「ああ、や、いや……っ！」

「嫌？　もっとしてくれないと嫌、ってことですか？」

「ちがっ、ひ、いぃ……！」

ぼろぼろっと零れた涙を、すかさず舌で舐め取られる。熱い息を切らせながら、くつくつと喉奥低くで笑い、忍は人差し指と親指で雅の瞼をこじ開けてきた。

「し、の……！」

「綺麗な目ですね、兄さん。きらきら、涙が光って……。このまま抉り取って、飴玉《あめ》みたいにずっと、ずっとしゃぶっていたい……」

「ひぃ、あ、あ……！」

ぺと、と眼球に湿ったそれをくっつけられる。真っ暗に視界を遮られ、目を閉じることも許されないまま、雅はぬるぬると蠢く舌に目を舐められ、恐慌に陥った。

「や、め……っ、やめて、忍、忍……！」

「は、ああ、ん、兄さん……」

ひとしきり雅の目を舐め尽くして、忍は目尻から零れた唾液とも涙ともつかないそれを愛おしそうに啜った。濡れた睫を舌先でくすぐり、満足そうに微笑む。

「兄さんは、涙まで甘いんですね」

「あ、あぁ、ん、んー……っ！」

根元まで嵌められたまま、ぐちゅぅ、とゆっくり腰を回されて、淫らな嬌声が雅の唇から迸《ほとばし》る。

そのままじゅぽじゅぽと刺し貫くように尻を犯され、あ、あ、と壊れた玩具のように喘ぎながら、雅は体内で太竿が筋を浮かせ、更に一回り膨れ上がるのを感じた。

「ひっ、い、やっ、それ、それだけ、は、あ、あ……っ」

揺さぶられながらも必死に拒む。

「中に、出されるのは嫌？　なら、俺の言うこと、聞いてくれますか？」

息を荒げた忍が、雅の頬をべろりと舐め上げる。いつの間にか、そこは涙に濡れていた。

「……あいつへの復讐に、手を貸す？」

「あ、あ……」

「俺に身請けされて、俺だけのものになる？　答えて、兄さん……」

ぐう、と最奥まで納められた熱塊が体積を増す。ひっと身を竦ませて、雅は弟の脅しに屈した。

「され、る……っ、なる、から、だから……っ」

「兄さん……、ああ、兄さん」

逃げるように、誘うように腰を揺らめかす雅をその長い腕の中に閉じ込めて、忍は明確な意思を持って律動を速めてきた。粘膜を穿つ淫音に、忍の腿が雅の尻に打ちつけられる音が重なる。

「ど、して……っ、忍、嫌、嫌ぁ……っ」

約束したのにどうしてと目を潤ませた雅に、忍がうっとりと唇を重ねて微笑む。

「だって兄さんはもう、俺のものでしょう?」

この唇も、体も、全部。

低く甘く囁かれて、雅は惑乱の中、必死に首を振って抗おうとした。

「そ、な……っ、そんな、の……っ」

「出す、よ……っ、全部、兄さんの中に……!」

「い、やっ、嫌だっ、やっ、あっ、あ……っ、ああああぁっ!」

濡れきった高い嬌声で拒みながら、雅の体はどこまでも淫奔《いんぽん》に忍の男を肉筒で絞り上げた。ひっきりなしに収縮する蜜孔の奥底で雄が弾け、ぶびゅ、と白蜜が逆流して溢れ出る。数度に分けて放たれる度、じゅる、ぶじゅ、と狭い蜜壺から泡だった粘液が押し出され、それは雅の柔肌《やわはだ》を、淫猥な緋色の襦袢をしとどに濡らした。

「ああ、あ……」

がたがたと震えながら、貪欲な後孔で未だ硬いままの弟の雄刀を舐めしゃぶり、雅は己の腹に逐情《ちくじょう》の証をとろとろと零す。

「兄さん……」

囁きと共に落ちてくるくちづけは甘く優しく、どこまでも残酷だった。

「身請けを保留にしたそうじゃな、吉野」

北小路から振られた話題に、雅はびくっと脅えたように肩を揺らした。酌《しゃく》をする手が震えそうになって、慌てて徳利《とっくり》を持ち直して答える。

「……はい。考えさせていただきたい、とお答えしました」

「それはまた……、珍しいことを」

未だ中瀬と偽名を名乗り続けている北小路が、探るように目を細める。

「今まで身請け話が出た時は、その場ですぐに断っていたのだろう？　今回はまたどうして、保留にしたのだ？」

「それは……」

言い淀んで、雅は忍の姿を思い浮かべ、ぎゅっと身が縮み上がりそうになるのをどうにか堪えた。忍から言い含められていたでっち上げの理由を、なんとか口から押し出す。

「……あの、まだ通っていただいて日が浅い方なので……、その、すぐにお断りするのも、先様に悪いかと思って……」

つっかえつっかえ言った言葉は慎み深さと捉えられたようで、北小路は疑うことなく破顔した。

「おお、そうか。儂はまた、吉野が今度こそ本当に身請けされるかと肝《きも》を冷やしておったが」

「そんな、……お考えすぎです」

曖昧に笑みを浮かべ、さ、と杯に酒を注ぎ足す。

宗和膳には胡麻《ご ま》豆腐や筑前煮《ちくぜんに》が並べられ、目の前では椿が地唄《じうた》に乗せて『茶音頭《ちゃおんど》』を舞っている。まだ夕暮れ時で早い時間だったが、今日の北小路は座敷遊びだけして帰る予定だった。

雅が忍に抱かれてから、三日ほどが経っていた。嵐のように雅の体を奪った忍は、それからすぐ、雅を身請けすると言い出した。

『最初は安心させるんです。一度身請けを保留にはしたけれど、いずれ断るように思わせて、まずは油断を誘わないと』

あの夜、帰り間際に身支度を整えながら、忍はそう言った。指ひとつ動かすことすらできず、しどけなく畳の上に横臥《おうが》したままの雅の後孔からは、まだ忍の精がとろとろと溢れていた。

『あいつは、必ず兄さんを自分のものにしようとします。こんなにいやらしい色子、自分の男が役に立たなくなったら余計に他の男に渡したくないと思うはずですから』

冷たい、光のない目で見下ろされ、雅はせめて忍の名前を呼ぼうとした。けれど、いくら懸命に唇を開いても、ついぞ声は出てこなかった。

『安心させてから、兄さんは俺のものだと思い知らせてやるつもりです。兄さんも、自分が誰のものか重々肝に銘《めい》じておいて下さい。万が一にでも忘れそうになったら、またこうして思い出させてあげますからね』

もっともこんなに淫乱じゃ、それより早く男に抱かれたくて我慢がきかなくなりそうですが、と口元だけ笑みの形に歪ませた忍は、その足で天地のもとに赴き、身請けの前金として大金を積み上げて帰っていったらしい。間続きの奥座敷に敷かれた布団は使わなかったし、あの後雅はひっそりと身繕いも整えていたから、天地は抱いてもいない色子に大金を払うなんてと不思議に思ったかもしれない。それでも、たとえ誰も知らないことだとしても、弟に抱かれた事実をなんとかして隠したかった。

あの夜から、忍は姿を見せていない。

去り際に投げかけられた言葉は、弟に抱かれてさえ淫欲に溺れた兄を責めていた。十年間ずっと助けようとしていた兄が色狂いだったなんてと、弟はそう失望したに違いない。

しかし、それでもなお北小路に復讐しようとしているのは、やはり家督を奪う為なのだろうか。一年も待っていられないと言っていたのには、なにか差し迫った事情でもあるのだろうか。

「吉野、……吉野？」

「あ……」

物思いに耽っていた雅は、北小路に呼びかけられてはっと我に返った。

「どうした？　気分でも悪くなったか？　真っ青な顔をして……」

怪訝《けげん》な顔をした北小路が、その皺だらけの手を雅の方に伸ばしてこようとする。雅は思わず座ったまま、半身を後ろに引いていた。

触れられたく、なかった。

「吉野……？」

「あ、あの、……身請けを保留にしている間は、他の旦那様に指一本触れさせてはいけないと、楼主様から言い含められていて……」

焦る余り、咄嗟《とっさ》に早口で嘘をついてしまう。ひとつひとつ嘘を重ねることが怖くて、申し訳なくて、罪悪感に潰れてしまいそうになる。けれどこの老人の正体を知ってしまった今、どうしても以前のように慕わしい感情が持てなくて、雅はぎゅっと重ねた自分の手を押さえ込んだ。

「……ですから……」

「ああ、よいよい。泣くでない。儂が悪かった」

慌てて宥めにかかった北小路は、雅が自分に嫌悪を感じているとは思いもよらないのだろう。いつも通りの好々爺《こうこうや》然とした様子に、雅はどうしていいのか分からなくなる。

この優しさは、きっとこの老人の本当の気持ちなのだろう。けれど、雅に嘘をつき続けていることも確かなのだ。

北小路に促された雅は、杯に酒を注ぎながら、どうにか謝罪の言葉を押し出した。

「申し訳ございません……」

「いや、それが決まりならば仕方なかろう。しかし指一本もとは、ますます妬《や》けるのう」

不愉快そうに眉を寄せかけて、北小路は苦笑した。

「まあ、こうして表座敷で酒の相手をしてくれるだけでもよしとせねばの。欲を言えば、酒を注がせている間は吉野の舞を見られぬことが残念じゃが」

北小路の一言が聞こえたのだろう、ぴくっと眉を動かした椿だが、それでも舞の手をやめることはなかった。桜屋で一番の舞手は椿であり、本人にもその誇りがあるのだろう。

「そんな、お戯《たわむ》れを。……椿、『雪《ゆき》』を踊ってもらってもいいかい?」

雅が言うと椿は渋々手をとめた。儚《はかな》げな歌声に合わせて、『雪』を踊り出す。

茶の湯の作法をなぞりながら舞う、どことなく可愛らしい雰囲気の『茶音頭』よりも、恋する女心を詠《うた》った『雪』や『黒髪《くろかみ》』の方が椿は得意で、なんとも艶めかしく舞ってみせる。ふむ、と納得した様子の北小路から、雅は気づかれない程度にそっと体を離した。

半ば強制的に身請けを保留にされたけれど、北小路に触れられるのを無理なく避けることができて、助かった面もある。忍の言う、復讐に手を貸すことは躊躇われるけれど、今この老人と床を共にすることは耐え難い苦痛だった。

けれど、返事を保留にしている間の花代は、身請け話を持ちかけた客が出す決まりになっている。雅の花代は、吉原の太夫と比べても引けを取らない程度には値が張るはずだ。

(忍はまだ、それほど財産を動かせる状況じゃないだろうに)

前金として大金を納めていった忍に、天地が驚いていたことを思い出す。英国から帰ったばかりで、まだ家督を継いだ訳ではないと言っていたのに、そんな大金をどこから捻出したのだろう。

ため息をついた雅をちらりと見やって、北小路が提案してくる。

「そうじゃ、吉野。お前も『雪』は踊れるのだろう？　二人並んで踊ってはくれぬか」

「……お望みでしたら、喜んで」

雅の気が晴れるようにという配慮だろう。以前なら嬉しく思ったかもしれないが、今はただ純粋に嬉しいとだけは思えない。

すう、と扇《おうぎ》で宙を指し、雅は裾を翻《ひるがえ》して『雪』を舞った。透けるように薄い水色の振袖に咲く瑠璃《るり》色の花が、白く細い腕が覗く袖口に彩りを添える。北小路の視線が指先にまで絡みついてくるのが煩《わずら》わしく、厭わしい。琴の調べに神経を集中させ、雅は舞に専念した。

自分の孫の兄と知っていて手を出したという北小路のことを、恨めしいと思う。けれど同時に、北小路のことを憎みきれない気持ちもあった。この十年、馴染みとして通い続けてくれたのは事実だし、忍のことにしても、あんなに立派な青年になるまで面倒を見てくれた。そのことに関しては感謝してもしきれないと思う。

北小路がいなかったら、忍の道は拓けなかった。

けれど、北小路がいたから、雅は忍に抱かれてしまった。この老人への復讐を拒んだが為に、たった一人の弟にまで犯されてしまったのだ。

ひと差し舞い終え、二人揃って畳に手をついて一礼すると、北小路は満足そうに頷いた。

「二人とも、艶やかで見事じゃった」

「……恐れ入ります」

「しかし、吉野はやはり少し休んだ方がよさそうじゃのう。儂はもう切り上げるから、下がってよいぞ。椿、見世先まで送ってくれぬか」

北小路に声をかけられ、椿がはい、と立ち上がる。椿が禿に北小路の帰り支度を命じている間に、雅は北小路に詫びた。

「申し訳ありません、お気を遣っていただいて……」

「なに、構わぬよ。また明日様子を見に来るから、その時は琴でも聞かせておくれ」

「はい、必ず」

無理に笑みを浮かべ、雅は北小路を見送った。襖が閉まる間際、雅がすまないと目線を送ると、椿が紅を差した唇をわざと軽く尖らせる。仕方ないな、と呆れたような目をするのに、本心では心配してくれているのが分かって、雅は内心少しほっとした。

廊下の足音が去るのを待って、自分も部屋に引き上げる。個室の襖を開けると、物陰から小さな毛の塊が飛びついてきた。

「わ……っ、ああ、偲か。……ふふ、吃驚《びっくり》した」

ぴょんと雅に飛びついた後、すぐにてててっと部屋の奥に駆け去っていく。どうやら雅の足音に気づいて、襖の陰に隠れて待っていたらしい。

「まったく、お転婆《てんば》娘だね、お前は」

耳をぴんと立て、わくわくと部屋の片隅からこちらを窺っている様子に、相反する感情で混乱気味だった心が凪ぐ。文机に置いてあった小さな手鞠《てまり》を転がしてやると、小さな尻尾をぴるるっと震わせた偲が、すかさずそれに飛びついた。自分と同じくらいの大きさの手鞠に果敢に挑みかかり、ころんころんと一緒に畳を転がり回っている。偲が転げる度に、手鞠の中に仕込まれている鈴がちりんと可愛らしい音を立てた。

「……ふふ」

庭に面した障子を少し開けると、春先とはいえまだ肌寒い夜風が吹き込んできた。ひとしきり月を眺めてから座布団に腰を降ろし、雅は文机に頬杖をついて偲の格闘を見守った。

もうそろそろ本格的に見世が始まるから、誰もが忙しい時間帯になる。色子たちの部屋が連なるこの近辺には、誰も近づかないだろう。

忍が身請けの前金を置いていった為、雅はここ三日間、客の相手をしても座敷遊びだけに留まっていた。色を売らなくていい分、体は楽だったけれど、最後に抱かれた忍の手の感触がまだ残っているような気がして落ち着かない。

天地は、雅が初めて身請けの話を保留にしたことに随分驚いていた。初めてのお客様だったのだろう、どうしたんだいと聞かれたけれど、とても事情を話す気にはなれず、保留にしてくれてもいいからと熱烈に口説かれたと言っておいた。

(あちこちに嘘をついて……。これからどうしたらいいんだろう)

文机にこてんと額をつけ、目を閉じてぼんやりと考えを巡らせる。

もともと嘘をつくのは得意ではない。それでも、このまま忍の望むように話を合わせ続けなければ、忍はまた雅を体で陥落させようとするだろう。もう二度と、弟に禁忌《きんき》を犯させたくはない。

忍は、どうするつもりなのだろう。北小路を油断させた後で、雅が忍のものだと思い知らせると言っていたが、それはどういう意味なのか。

第一、すべて奪って復讐すると言うけれど、もしその企みが露見《ろけん》してしまったら一体忍はどうなるのだろう。よしんば首尾よく運んだとして、家督を継いだ後、北小路のことはどうするつもりなのか。結局は巡り巡って、忍にとって悪い状況に陥るだけではないだろうか。

「……忍」

呼ぶと、胸の奥が痛くなった。

呆れられ、軽蔑されたかもしれないことはやるせなかったけれど、それでも雅にとっては大切な弟だ。折角手に入れた、華族の跡継ぎという地位を危うくしてまで、復讐なんて恐ろしいことに手を染めさせたくはない。

ふう、とため息をついた雅だったが、その時むにっと頬になにかが当たる感触がした。驚いて目を開けると、いつの間に文机に上がったのか、目の前に偲がちょこんと座っている。ちょいちょいと、獲物で遊ぶように雅の方へ前脚を伸ばしてくる偲に、顔が綻んだ。

「……ふふ、お前を呼んだ訳じゃなかったんだけどな」

雅が言うと、偲が薄桃色の肉球をむにむにと雅の頬に押しつけながら、んに、と答える。伸ばした指先で喉元を掻いてやると、偲はごろごろと気持ちよさそうに目を細めた。

「……しのぶ」

呼んで、雅は身を起こした。掬うように偲を抱いて、自分の胸の中に閉じ込める。ふわふわした被毛に鼻先を埋めると、それだけで温かかった。ごろごろと喉を鳴らしたままの偲に、かえって甘やかされているような気がしてくる。

「しのぶ……」

もう一度、雅がその名前を呼んだ時だった。

「……兄さん？」

背後から、甘やかな低い声がする。驚いて振り返った雅の腕から、偲がぴょんと飛び降りた。

「しの、ぶ……」

いつからそこにいたのだろう。部屋の入り口に、忍が立っていた。先日とはまた違う、鈍い柳色の背広を着ている。

「ち、違う、猫が……」

「猫？」

怪訝な顔をした忍が、早足で雅の方に歩み寄ってくる。と、そこで雅は、忍の格好に違和感を覚えた。普通、外套《がいとう》のインバネスや中折帽は入り口で預けるのに、小脇に抱えたままなのだ。心なしか、息も軽く上がっている。

「忍？」

「椿とかいう子に、雅は自分の部屋で寝てると言われたので、顔を見るだけだからと頼み込んで通してもらったんです。具合が悪いと聞きましたが、寝ていなくてもいいんですか？　熱は？」

一息にそう聞き、雅の前にしゃがみ込んだ忍が、雅の額に手を当ててくる。驚く間もなく、唐突に触れてきた掌は、ひんやりと冷たかった。

「平熱のようですね……。でも、少し体が冷えてる」

「あ、さ、さっき外を、見てたから」

「外？　外に、出たかったんですか？」

聞かれて、雅は曖昧に頷いた。特に外に出たかった訳ではないが、それよりも今は忍のことが気になった。

「うん……。あの、もしかして忍……、僕の具合が悪いって聞いて、走ってきたの？」

ぱち、と目が合う。思ったより近い距離にたじろいだのは、雅ではなく忍の方だったようだ。

「……そうですが、悪いですか？」

まるで悪戯《いたずら》を咎《とが》められた子供のように拗ねた顔で、目線を逸らす。雅は呆気に取られながらも慌てて否定した。

「わ、悪くないけど。……あの、大丈夫だよ。少し休んでたら、気分もよくなってきたから」

頬がほんのり熱くなる。まさか忍が自分を心配してくれるなんて思ってもみなかったから、なんだか落ち着かない。じわじわと嬉しさが込み上げてきて、雅は口元を綻ばせた。

「ありがとう、忍」

微笑むと、忍が驚いたように小さく息を呑む。と、そこへ、部屋の隅まで逃げていた偲がみぅ、と近寄ってきた。

「おいで、偲」

「え？」

思わず呼んでしまって、忍に聞き返される。あ、と目を丸くした雅は、先ほどよりよほど顔を赤らめて俯いた。

んに、と小首を傾げて、偲が雅の膝に前脚をかける。

「……もしかして、猫に俺の名前をつけていたんですか？」

拍子抜けしたような忍の声が、恥ずかしい。偲を抱き上げて、雅はこっくりと頷いた。今更もう、隠しようもない。

「だって、また会えると思わなかったから、せめて名前だけでもって……」

雅に抱かれてご機嫌な偲が、ごろごろと喉を鳴らす。と、不意にそこに影が落ちてきた。反射的に顔を上げた雅は、次の瞬間忍の腕の中に抱き寄せられ、目を瞬かせる。

「兄さん……」

「忍……？」

偲ごとぎゅうぎゅう抱きしめられて、少し苦しい。

「どうしたの？　あ、い、嫌だった？」

「……違う。そうじゃありません」

「じゃあ……」

「いいから、少し黙っていて下さい」

忍の声が苦しげに聞こえた気がして、雅は口を噤《つぐ》んでそのまま身を委ねた。長い腕の感触にあの夜のことを思い出しそうになるけれど、それよりも忍の雰囲気があの時よりずっとやわらかく、優しいような気がする。

まるで、自分を兄と慕ってくれていた、あの頃のように思えた。

二人で支え合い、励まし合って生きていた、あの頃のようだと。

包み込まれた胸の中は、かすかに清涼な香りがして温かい。思わず目を閉じかけた雅だったが、そこで腕の中の偲がみゃう、と不満そうな声を上げた。

「……すみません。つい、加減を忘れていました」

するりと離れていく腕に、どうしてか寂しいと思いかけ、雅は戸惑った。今までどんな馴染み客と恋の真似ごとをしても、こんなことを思ったことはなかったのにと考えかけて、頭を小さく振る。

弟だからこそ、こんなに慕わしく思うのだ。それを馴染み客と重ねるなんて、どうかしている。

雅の腕の中からぴょんと畳に飛び降りた偲は、部屋の片隅に転がっていた手鞠にまた突進していった。その後ろ姿を見送りながら、忍が雅に言う。

「さっき、北小路が来ていたのでしょう？　危うく鉢合《はちあ》わせするところでした」

「あ……」

「身請けのこと、なにか言っていましたか？」

穏やかだが、ひどく冷たい響きの声に聞かれると、それだけで身が竦んでしまいそうになる。

「……妬ける、って言ってた。また明日、来るって」

ありのままを話すと、そうですか、と気のない返事が返ってくる。こちらを見ようとしない忍に、雅は喉がからからに干上がっていくかのような錯覚を覚えた。

さっきのように、昔のように、優しい忍に戻ってほしい。

復讐なんて、考えないでほしい。

「あの、忍。そのことだけど……」

「……やめろと言うなら、また犯しますよ」

雅を遮って、忍がうっすらと唇に笑みを浮かべる。昏い目を向けられて、雅は息を呑んだ。

「そ、んな、脅すみたいな……」

「みたい、ではなく、脅しているんです。いくら兄さんが好き者とはいえ、弟に抱かれるのはさすがに嫌なんでしょう？」

自嘲《じちょう》ぎみに唇を歪ませて、忍はすう、と雅の頬に手を添えてきた。冷たいその手に、背筋が震えてしまう。

「兄さんに言うことを聞かせるのなんて、簡単なことです。なにせ、あの爺を除けば、俺は兄さんにとって、この世で唯一拒むべき相手なんですから」

そうでしょう、と聞かれて、雅は俯いた。言外に、他の男であれば誰にでも足を開く淫乱と言われているのだと、分かった。

「……でも、他の男はもう、兄さんを抱けない。俺以外の、誰も」

「し、の……」

「誰が兄さんを望んでも、もう誰にも渡さない。……兄さんが、他の誰を望んでも」

笑みを深める忍に、雅は戸惑うことしかできなかった。

どうして、と空虚な胸にその疑問が浮かび上がる。

家督を奪う為に、復讐をする為に、雅を脅して抱いたのではなかったのか。

どうしてまだ、雅に拘《こだわ》るのか。

軽蔑され、失望されたのではなかったのか。

もしかして、少しはまだ、兄を気にかけてくれているのだろうか。

「……兄さん」

甘く囁いて、忍が続ける。

「……もう、後戻りなんてできないんですよ、兄さん」

させない、とその目が強く語っていた。偲が転がす手鞠の鈴の音が、やけに耳につく。

「どうして……」

思わず口をついた問いかけを、雅は慌てて呑み込んだ。

忍が自分を気にかけてくれているのだとしたら、嬉しい。

けれど、どうしてだろう、その昏い目が、歪んだ笑みが、恐ろしく思えてならない。

忍の真意に、なにかもっと別のものが潜んでいるのではないかと、そう思えてならない。

しかし今、それを真っ向から尋《たず》ねる勇気は、雅にはなかった。

「あ、あの、どうして、そこまで？　忍だって引き取って育ててもらった恩があるんじゃ……？」

なんとか別の方向へと疑問を投げかけると、忍がすっと目を細める。

「恩？　兄さんと引き離されたばかりか、有無を言わせず留学させられて、恩を感じろと？」

「……忍」

「確かに食わせてもらったことは事実ですし、普通では考えられないような勉学の機会も与えられました。ですが、その間にあいつが兄さんを好きにしていると知っていたら、俺はあいつの金なんかで生きようと思わなかった。餓《う》えて死んだ方が、どれほどましだったか……！」

語気を強めて、忍が怒りに肩を震わせる。言葉を失った雅の眼前で、忍はぎらついた目を一度閉じ、深く息を吐いてから、雅を振り返ってきた。

「……ねえ、兄さん」

その口元は、また笑みの形に歪んでいた。

抑えきれない、堪えきれない、怒りの形に。

「明日、来ると言っていたんですよね？」

穏やかな声でそう言い、背広の内ポケットから一通の封筒を取り出す。宛名も差出人もない、真っ白なそれを差し出され、雅はおそるおそる受け取った。

「これは……？」

「北小路が来たら、渡して下さい。身請け話を持ちかけてきた旦那から預かったと。俺の名前は出さないように」

立ち上がって、忍は腰を浮かせかけた雅を制した。

「大事ないようですが、きちんと休んで下さい。……また、明日来ます」

「忍……」

戸惑いを浮かべたままの雅をそのままに、忍はさっと部屋を出ていってしまった。

手にした封筒を見つめる雅の耳に、鈴の音が響く。

ちりん、ちりんと愛らしく響く鈴に、雅の心はいつまでも頼りなく揺れ続けていた。

翌日、約束通りまた登楼《とうろう》した北小路に、雅は『六段《ろくだん》の調《しらべ》』を弾いて聞かせていた。黄と赤の薔薇《ばら》が散った銘仙《めいせん》の振袖にレースの半襟を合わせ、横の髪をリボンで後ろに括《くく》った雅は、そうして琴を弾いていると、まるで山《や》の手《まて》の令嬢のように見えた。

「相変わらず、よい音じゃのう」

椿に酌をさせながら、上機嫌で北小路が言う。失態続きだった昨日に比べて今日はきちんと座敷を務められて、雅も幾分かは気持ちが軽くなった。

忍の話では随分な噂もあるようだけれど、吉野は桜屋の看板だ。みっともない座敷続きという訳にはいかない。

それに、雅は舞も好きだが、琴はより好きだった。美しく張られた絹糸から繊細な音が零れると嬉しくなるし、もっと綺麗な音が出せないかと夢中になってしまう。

琴を弾いていると、幼かった忍のことを思い出す。まだ色町に一緒にいた頃、忍は毎晩雅が客の相手を終えて帰ってくるのを待っていてくれた。翌日に響くのにと叱りつつ、雅も内心嬉しくて、子守歌代わりに琴を弾いて聞かせてやっていたのだ。片手で戯れに爪弾《つまび》いた琴の音を、忍はまだ覚えているだろうか。

音を追いかける内に気持ちがすうっと澄んできて、雅は『六段の調』を歌うように弾き上げた。

「お粗末様でございました」

指をついた雅に、北小路が機嫌よく杯を傾ける。

「なんの。次は、そうじゃのう……」

続けて曲を挙げようとしていた北小路だったが、そこで廊下から失礼します、と声がかかる。襖を開けて現れたのは禿だった。

「なんじゃ、もう終《しま》いか。仕方がないのう」

座敷遊びの持ち時間は、線香で計っている。その線香が燃え尽きると、禿が刻限を告げに来るのだ。帰り支度を、と禿に命じてから、雅は意を決して袂《たもと》に忍ばせた手紙を取り出した。

「中瀬様、こちらを。その、私の身請けを申し出て下さった旦那様から、中瀬様にお渡しするようにと……」

「……儂に、か？」

訝《いぶか》りながらも、北小路が手紙に目を通す。嵌めていた義甲《ぎこう》を外しながら、雅は気づかれないよう横目でそっと北小路の反応を窺った。

一晩預かったその手紙の封を、雅は開けることはしなかった。表書きもなにもない封筒だったから、読んで別の封筒に入れ直すこともできたかもしれないが、盗み読みするなんてどうにも気が引けてできなかったのだ。

なにが書いてあるのか気になるけれど、見せて下さいと出しゃばる訳にもいかない。せめて北小路の反応から内容を察することができないだろうかと、そわそわしていた雅だったが、そこで不意に袖を誰かに引かれた。見ると、いつの間にか椿がこちらに移動してきている。

「椿？　どうしたの？」

小声で聞いた雅に、椿は眉を顰めて聞いてきた。

「どうしたの、はこっちの台詞《せりふ》だよ。さっきちらっと見えたんだけどさ、あの手紙の内容、あんた承知してるの？」

「え？　なにが……」

聞き返そうとした雅だったが、そこで北小路が雅を呼んだ。

「吉野。この手紙の返事を頼まれてくれぬか」

「あ、は、はい」

紙と筆を、と禿に頼みかけた雅だったが、北小路は必要ないとそれを断った。

「お前が紅葉《もみじ》の間に行けば、それが返事になるとある。……すぐ、行ってくれぬか、吉野」

「これからすぐ、ですか？　ですが、中瀬様のお見送りが……」

「いや、それはよいから、早う」

戸惑う雅だったが、当の北小路にそう言われては他にどうしようもない。椿が心配そうな顔をしているのが気になったけれど、それではと暇を告げて、部屋を出た。

紅葉の間に行けばと言っていたが、そこに忍がいるということだろうか。忍は一体なにを手紙で伝えたのか。昨日聞きそびれてしまった忍の真意が、そこで分かるのだろうか。

思い悩みながら廊下を進み、中庭に出る。別棟とを朱塗りの太鼓橋で繋いでいる中庭には、小さな池と桜の木が植えてあり、向こう側の橋の袂には和服姿の男が立っていた。墨染《すみぞめ》の絞りに斜めの縞が入った着流し姿で、目元を白い仮面で覆っている。

「……兄さん」

橋の向こう側から低く甘い声に呼ばれて、雅はその男の正体に気づいた。

「忍？　どうして、そんな格好……」

二人の間に、はらりとひとひら、薄紅の花びらが舞い落ちる。

「少し、事情があって。迎えに来ました。……こちらへ」

「う、うん……」

頷いて橋を渡りかけた雅だったが、それより早く、雅の後方から足音が追いかけてきた。

「お待ち下さい、北小路様！」

見れば、天地がこちらに駆け寄ってきている。常になく慌てた様子の天地は、中庭まで辿り着くなり、雅を背に庇うようにして忍に対峙《たいじ》した。

「天地さん？」

吃驚して見上げた雅だったが、天地は険しい表情で忍を見据えたまま口を開く。

「楼主の私に断りもなく、このようなことをされては困ります！　せめて一言……」

「おや、どこから聞きつけてきたんですか？」

天地の剣幕にも、忍はうっすらと唇に笑みを浮かべただけだった。

「吉野、ではないですよね？　吉野は手紙を盗み読むような真似はしませんから」

「……どこからでもいいでしょう！　とにかく、そのような戯れは……！」

「金でしたら、いくらでも積みますよ」

天地を遮って、忍が冷然とそう告げる。仮面をつけていても、その下の顔が冷たく無表情だろうことがはっきりと分かるほどに、頑《かたく》なな声だった。

「あなたも色を売って身を立てているのでしたら、この程度のことで騒ぎ立てないでいただきたい。それになにより、中瀬というあのご老人もこの話を呑んだのですから、今更あなたが口を挟むのは無粋というものでしょう」

「しかし……！」

「吉野は、今は私のものです。どんな戯れに付き合わせようが、私の勝手だ。……違いますか？」

「く……」

傲岸不遜《ごうがんふそん》な物言いに、天地が言葉を失う。雅は訳が分からないまま、二人をおそるおそる見比べることしかできなかった。

一体忍はなにをしようとしているのか。戯れとは、北小路に関係あることなのだろうか。

「天地さ……」

「吉野、こちらに。……来なさい」

天地に説明を求めようとした雅だったが、有無を言わせない強い口調でそれを制した忍が、手を差し伸べてくる。

一瞬戸惑った雅だったが、白い仮面の下からあの昏い目が自分を見据えてきていることに気づいてしまうと、もうそれ以上抗うことはできなかった。

この目をした弟を、雅はもう、とめることができない。

ぎこちなく足を運び、朱塗りの橋を渡り終えると、ぐいっと忍に手を引かれる。せめてもと天地の方を振り返ろうとした雅は、強い夜風に思わず目を瞑った。

瞼の裏で、桜の花びらがもう一枚、闇に舞い落ちていった。


忍に連れられて紅葉の間に入った雅は、すぐに間続きの奥座敷に引っ張り込まれた。既に布団が敷かれ、用意が整っているそこに、どうにも落ち着かない気分になる。

「あの、忍、さっきの手紙のことなんだけど……」

焦ったように聞いた雅だったが、忍はしぃ、と口元に人差し指を立ててそれを遮ってきた。

「すみませんが、詳しく話している時間はないんです」

「え……」

「帯をほどいて、兄さん」

戸惑う雅に短く命じて、忍は二つの部屋を隔てる襖を閉めた。続いて座敷の灯りを小さな燭台の蠟燭《ろうそく》ひとつきりにして、それを布団の脇に置く。ぼう、とその周辺だけを頼りなく照らしながら、灯火がゆらゆらと揺らめいた。

「なにをしているんです。ほら、早く」

「し、忍……っ？」

ぐいっと雅を引っ張った忍が、雅の前帯を手早く解き出す。密室で帯を解かれる状況に先日のことが思い起こされて、雅は小さく悲鳴を上げた。

「やっ、忍、やめ……！」

「協力すると約束したでしょう、兄さん？　あいつの嫉妬《しっと》を煽る為です」

「え……？　あ、煽るって、それ……？」

思わず抗う手をとめた雅の腰から、忍が帯を外す。白い仮面で顔を半分隠したままの口元は、微笑みを象《かたど》っていた。

「ええ、思い知らせてやると、言ったでしょう？　だから今日は、俺のことを旦那様と呼んで下さい。あいつが見に来ますから、名前は呼ばないように」

「え……？　み、見に来るって……」

「……ああ、もう来た」

忍の意図が分からずに戸惑う雅だったが、忍はそう呟くと、雅の手を引いてそのまま布団の上に腰を下ろした。よろめいた雅は、忍に背を預ける格好で、その膝の間にすとんと座ってしまう。

「わっ、ご、ごめん……！」

「いいから、そのまま」

耳元で小さく囁いた忍は、するりと長い腕を回して、雅をその中に閉じ込めてきた。と、目の前の襖の奥から、間続きの座敷の畳が軋《きし》む音が聞こえてくる。

「え……？」

目を見開いた雅を後ろから抱いたまま、忍が殆ど吐息だけの声で命じてくる。

「繰り返して。どうぞ、そのままそこから、私のはしたなく乱れる姿をお楽しみ下さい」

「し……、あっ」

名前を呼びかけた雅を咎めるように、忍はしゅるりと緋襦袢の腰帯を解いた。前帯よりもずっと簡単に解けたそれが、橙《だいだい》色の仄かな灯りに照らされた絹布団の上に、くたりと力なく落ちる。

「言って。そのままそこから……、ほら」

もう一度繰り返しながら、忍が雅の首筋にするりと掌を這わせ、頤を包み込むようにして顔を襖の方へ向けさせる。ゆら、と揺らめく蠟燭の灯りの中、雅はその襖が僅かに開いていることに気づいた。

指一本も入らないだろう、細い細い、隙間。

その隙間に、――皺だらけの目がぎょろりと蠢くのが、見えた。

「……ひっ」

びくっと肩を震わせた雅の襦袢を、忍がぐいっともう片方の手ではだける。黄と赤の薔薇が咲き乱れる振袖の中、艶めかしい緋色の襦袢が泳ぐように揺れ、雪のように白い肌が薄闇に浮かび上がった。柔肌に、ぷっつりと尖った濃い桜色の肉粒が二つ、彩りを添えている。

「で……、でき、ない……」

すべてを悟って、雅は小さくいやいやと首を振った。

忍はここで、雅を抱いているところを見せるつもりなのだ。

あの隙間から、あの目の主に。

「……協力、するんじゃなかったんですか?」

忍が声を潜め、雅にしか聞こえないように問うてくる。

「それとももう一度、思い出させてほしいんですか? あなたが、誰のものか」

「で……、も……」

身を震わせ、雅は言葉を詰まらせた。

手紙を見た椿が、雅を案じていたことが思い出される。今思えば、先ほど慌てた様子だった天地も、このことを椿から聞かされて飛んできたのだろう。いくらここが遊郭とはいえ、こんなことは異常だ。秘め事を他の馴染みに見せて遊ぶだなんて、聞いたことがない。

ましてや二人は半分とはいえ血の繋がった兄弟で、襖の向こうの老人は弟の祖父だ。

「協力するなら、最後まではしません」

殊更《ことさら》に甘い声で、忍がそう囁いてくる。ぎこちなく振り返って、雅は聞き返した。

「ほ、んとうに……?」

「ええ。……でも、拒んだり抵抗するなら……」

抱きます、と吐息が耳元で弾ける。

仮面の奥の目が冷たく細められたのを見て、雅は力なくうなだれた。

抱かれるのだけは、避けたい。

なにより大事な弟に、あんな禁忌を二度も犯させたくはない。

「……する、から。だから……」

弱々しくそう告げた雅に、忍が唇を酷薄に歪める。

「……して下さい、だろう？　吉野」

呼び名と共に、口調ががらりと変わった。

まるで支配者が征服した者を弄ぶかのような響きに、雅はこくりと喉を鳴らした。

歯の根が、合わない。声が、震えてしまう。

「し、……して、下さい。……旦那様」

「それでいい。……さあ、あちらにもご挨拶を。……もっと、大きな声で」

もう一度、雅の首筋を忍の手が這い上る。猫の子にするようにゆっくりとそこを撫でられ、その冷たい指先に正面を向くよう促されて、雅はぴくんと体を揺らした。

目が、合う。

皺だらけのその目の主が、ごくりと生唾を飲み込む音が、かすかに聞こえてきた。

「どうぞ、そのまま……」

耳元で囁かれる台詞を、雅は掠れた声で繰り返した。

「ど、どうぞ、そのままそこから……、私のはしたなく、み、乱れる姿を、お楽しみ下さい……」

裾が割れた襦袢を気にして足をもじつかせると、しゅるしゅると衣擦《きぬず》れの音が立つ。よくできました、と囁いた忍に耳元に軽くくちづけられ、雅はきつく目を瞑って、小さく身を捩った。少しでも、あの皺だらけの目から逃れたい。

しかし、忍はそれを許す気はないようだった。

「……足を開け」

低い声で命じる声は、意図的にそうしているのか、常の甘い響きが消えていて、傲然《ごうぜん》と響く。

いや、と首を振った雅の胸元に、忍は指先を這わせてきた。氷のように冷たい指先が、凝《しこ》った小さな乳首を探し当てて摘《つま》んでくる。

「足を開かなければ、お前が私にここを弄られただけで外すところを、見てもらえないだろう?」

「そ、そんなのできな……っ、あっ!」

ぐいっと片方の腿を押し開かれる。慌てて閉じようとした所を、後ろから割り込んできた忍の足に阻まれ、雅は思わず襦袢の前を摑んで局部を隠した。

「お見せするんだ、吉野」

「あ、……ん、んんっ!」

両胸の肉芽をくりくりと指先で摘まれて、まるで男性器のように勃起させられる。尖ったところをぴん、ぴんと不規則に弾かれて、雅は息を詰めて身悶えた。

緋襦袢の下で花茎が頭をもたげ、薄い布地を押し上げ始める。見咎めた忍が、ふふ、と耳元で小さく笑う。

「触ってもいないのにそんなに腫らして。……ああ、濡れてきた」

「い、や……っ、あ……、あ……！」

じくりと先端が疼いて、当たっている布地に染みが浮き上がる。小瓶に入った通和散を少量指先で伸ばした忍が、それを尖りきった乳首になすりつけてきた。ぬるん、と肉粒を押し潰すように指先が滑る度、じわりじわりと緋襦袢のはしたない染みが広がっていく。

「襦袢をはだけて、よく見えるように腰を突き出しなさい。足も、もっと開いて」

「そ、んな……、で、できません……」

「できない、じゃない。するんだ。……お前は、私のものだろう？」

羞恥に頬を染め、緩く頭を振る雅の首筋に、忍の唇が這う。やわらかく肌を吸いながら、忍は指先で雅の乳首をくっと引っ張ってきた。

「ひ、あああっ！」

にゅるん、と逃げた乳首に、もう一度と指先が絡みつく。刺激の強い愛撫を再度施されるのが怖くて、雅は振り返って哀願した。

「し、します、……するから、それ、しないで……」

「……いい子だ」

ぺろりと耳朶を舐め上げられて、低く囁かれる。しかし、指先はまだ小さな円を描きながらやわらかく胸の先を弄って雅を急かしてきた。

「ん……っ」

雅は肩をぴくんと震わせながら、おずおずと襦袢の前を自分ではだけた。ねと、と先走りの蜜が襦袢との間に透明な糸を引く。

「う……」

はあはあと胸を喘がせながら、震える足を大きく開き、褥に向かって腰を突き出す。興奮した性器も、その奥でいじらしく収縮する雌孔もなにもかも晒す、淫らな格好だった。

「なにもしてやっていないのに、女のように濡らして……、恥ずかしい体だな、吉野」

「いや、あ……！」

ぷちりと尖った乳首が、ずくずくと熱を帯びるほどに勃ち上がった花茎の先端が、揺らめく蠟燭の小さな炎にてらてらと濡れ光る。乱れた黒髪が白い肢体に絡みつくようにうねって、雅はそこかしこに老人の粘ついた視線を感じて身悶えた。

見られている。

弟の指に喘がされ、蕩けている顔を。

胸だけではしたないほど濡れて、芯を疼かせている恥ずかしい姿を。

弟の、実の祖父に。

あの、皺だらけの目に。

「見な、いで……っ！　あ、あ……！」

ぴくんと揺れた腰に、硬いものが当たった。己の痴態に忍が興奮しているのだと知り、雅はぞくぞくと背筋を背徳感に震わせた。

「ああ……」

その味を知っている後孔が、きゅうっと引き絞るように窄まる。尻の動きでそれに気づいたのだろう、忍がひっそりと小さな笑みを零して、低い声で指摘してきた。

「そんなに孔をひくつかせて、どうしたんだ、吉野？」

「ひ……！」

座ったまま、忍が着衣越しに雅の尻の狭間に熱塊を擦りつけてくる。その逞しい雄の形を知覚した途端に、雅は鈴口から透明な淫蜜をどろっと溢れさせていた。つう、と垂れた粘液が緋襦袢にまた染みを作る。

「ああ、あ……」

もう三日、男に抱かれていない。

毎夜のように太いものを捩じ込まれ、熱い精液を啜っていた秘孔が、訴えかけるようにじゅんと蕩けた。

このまま、後ろから思いきり――。

「突っ込んでやろうか？　ここに男のものを、嵌められたいんだろう？」

快感に靄《もや》がかかったような頭の中で欲したそのままを唆《そその》かされて、雅はぶるりと身を震わせた。

駄目、と小さく返して、きゅうとそこを竦める。薄い布地越しに、膨れ上がった雄刀がずりずりと後孔の入り口を擦り上げてきた。

同時に、乳首を嬲る指の動きが、ねっとりしたものに変わっていく。押し込んだまま捏ねるようにくねる指に、じんじんとそこから甘い疼きが生まれては雅の下腹を重くした。

「駄目……、それだけは、駄目……。あ、ああ、ん……！」

ぬちゅ、と乳首に絡みついた人工の蜜が水音を立てる。きゅうっと胸の先を捻られながら首筋にくちづけられ、肌に所有の証を刻まれると、もう二度と抱かれてはいけないと思うと同時に、今自分を抱ける男は弟だけなのだから、と言い訳めいた考えが頭を掠めた。

俺のものだ、と忍の声が響く。

もう、他の男は誰も、兄さんを抱けない。

俺しか、抱けない。

「駄、目……！」

ぎゅっと硬く身を強ばらせた雅に、忍がふっと冷たい笑みを漏らして、すっと腰を引く。

「あ……」

滾《たぎ》った欲望が遠ざかる気配に、雅は思わずそれを追いかけそうになり、慌てて自制した。

安堵するべきなのに、喪失感を感じるなんてどうかしている。

約束を守ってくれたとほっとするべきなのに、もしこのまま無理矢理奪われたのならと、そんなことを弟に思うなんて。

顔を赤らめ、口元に手をあてて声を殺そうとした雅だったが、それは忍に窘《たしな》められた。

「声を出すんだ」

「で……も……っ、ひあっ！」

抗おうとすると、耳朶に舌を這わされる。くちゅ、ぬちゅと尖らせた舌で耳孔をくすぐられて、雅はぎゅっと目を瞑ってそっと口元から手を離した。

「あ、んん……っ、ああ！」

しかし、手を離しても、忍の舌も指も動きがとまるどころか、ますます熱っぽく雅を追い込んでくる。くびり出すように乳首を指先で弄ばれ、爪の先でかりかりと引っ掻かれて、むず痒い、けれど強い快感に雅は翻弄された。

「あ、や、いや……っ！」

雅の濡れた声に、はあはあと獣じみた荒い吐息が重なる。時折ごくりと興奮を呑み込む、その生々しい音は、細く開いた襖の奥から発せられていた。

「い、や……」

見られてはいけない相手に、見られている。

性器でもない場所を弄られただけで、呆気なく外しそうになっている、恥ずかしい姿を。

触れられてはいけない相手に、弟に、狂おしいほど感じさせられている、淫らな自分を。

「ああ……、ああ、だ、め……っ、駄目……っ！」

「いきます、だろう？　乳首で外してしまいます、だ。吉野」

「やぁ……！」

頭を振る雅の乳首を、忍がきゅうっと引っ張って促した。じんじんと屹立に熱が集まり、雅は髪を振り乱して濡れた声を上げる。

「い、く……っ、ち、乳首、で、はず、して……っ、ああっ、見ちゃ、嫌、嫌……！」

乱れる雅の姿を、襖の奥の目が一瞬も見逃すまいと追い続ける。ああ、とため息をついた忍が、吐息だけで兄さん、と囁いた時、雅は触れられないままのそこからぴゅう、と白濁を放っていた。

「ひ、ああ、あー……！」

びくん、びくっ、と体が跳ねる度、花茎の先端から精がとぷっと零れ出る。宵闇にも白く光るそれは、緋色の襦袢に次々と淫猥な花を咲かせた。長い絶頂にぐったりと力が抜けた雅は、忍に背を預けて胸を喘がせる。

喉奥で低く笑った忍が、雅の顔を仰向かせて、ねっとりと唇を舐めねぶってくる。見せつけるようにゆったりと舌を差し入れてきた忍の唇が、笑みの形に歪むのが分かった。

狂乱の終わりに、襖の向こうから老人の荒い息が重なって聞こえてくる。

その吐息から逃れるように、呑まれるように、雅はそっと目を閉じた。


翌日は、綺麗な白い三日月の浮かぶ夜だった。

ころころと偲に手鞠を転がしてやりながら、雅は文机に肘をつき、ぼんやりと障子の隙間からその月を見つめていた。

考えが千々《ちぢ》に散って、うまく纏まらない。けれど昨夜のあの行為からずっと、雅の胸の内には罪悪感と動揺とが渦を巻いていた。

嫉妬を煽ると言っていたけれど、まさかあんなことをされるだなんて思ってもみなかった。忍は素直に協力すれば抱かないと言っていたし、実際その約束は守られたけれど、それよりもっと恥ずかしい姿を見られた気がする。

「なんで……、あんな……」

思い出すだけで頬に熱が上って、雅は文机に額をつけた。

駄目だと思うのに、練《ね》れた体が反応してしまうのが恥ずかしくてたまらない。相手は弟だと分かっているし、幼かった頃の面影も確かに垣間見えるのに、床で迫られるとまるで別人のように思えて抑えがきかなくなる。

あの低く甘い声で淫らなことを囁かれると、たちまちに理性が蕩けて、おかしくなってしまう。十年の年月で見違えるような成長を遂げた忍は、誰から見ても魅力的な若い雄で、ただの芸妓と客の関係だったらこれ以上望むべくもない相手だろう。

しかし、雅と忍は半分とはいえ、血の繋がった兄弟なのだ。

「忍……」

思わずぽつりと漏れた一言に、偲がうにゃ、と小首を傾げる。お前じゃないよと微笑んで、雅はそっと偲を抱き上げた。雅の膝の上でくるりと丸くなった偲は、ごろごろと喉を鳴らしながら毛繕いを始めた。

あの後、結局天地はなにも言わなかったけれど、椿にはあんな旦那に身請けされて本当にいいの、と聞かれた。いいとも悪いとも答えられずにいると、よほど深刻な状況だと思われたのか、なにかあったら本当にちゃんと言いなよ、と珍しくまっすぐ心配までされてしまった。あんたぼんやりしてるんだから、と慌てて付け加えていたのは椿らしかったけれど、いつもは頑なな態度しか取らない椿にまでああも心配されるなんてと思うと、申し訳ない気持ちになる。

どうすれば忍をとめることができるのだろう、と雅は思いを巡らせた。

平然と自分を脅し、実の祖父を罠《わな》に陥《おとしい》れようとしている弟は、もうとめられないのだろうか。自分たちはもう、十年前のように、ただの仲のいい兄弟に戻れないのだろうか。忍は、本当に家督を奪いたいが為だけに、兄を利用しようとしているのだろうか。

浮かんだその問いに、雅は強く頭を振った。家督を奪う為だけなら、あんな回りくどいことをせず、直接北小路に迫らせるのではないか。いくら北小路が不能とはいえ、指一本触れさせず、暗がりの秘密ごとを見せるだけの忍は、裏返せばそれ以上のことを北小路に許す気はないように思える。雅を守ろうとしてくれているように、思える。

なにより一昨日、忍は雅の体調が悪いと聞いただけで慌てて飛んできてくれた。あの時の忍は、昔のような、兄思いの優しい弟そのもので、淫らな兄を軽蔑しきった訳ではないのだと、そう思えて嬉しかった。きっと、雅が忍を大事に思うように、忍もまた、兄を慕う気持ちを残してくれているはずだ。

だとしたら、雅が本心から復讐を望んでいないと分かってもらえたら、忍も考えを改めてくれるのではないだろうか。もっと違う解決方法を、一緒に考える気になってくれるのではないだろうか。

——しかし、それまでは、昨夜のようなことがまだ続くのだろうか。

襖一枚隔てて、弟に弄ばれる姿をあの目に見られ続けるのかと思うと、ぞくりと背筋が震えた。覚えた恐怖に、厭わしさに、じわりと得体の知れない色が滲む。

実の兄弟同士で、越えてはならない一線すれすれの淫らな行為に耽るその秘密を、あの皺だらけの目に見つめられる。自分が騙し続けてきた男娼が身も世もなく喘がされている、その閨の相手が実の孫であることも知らずに、あの老人は嫉妬に狂いながらどうしようもなく興奮を覚えるのだ。

それは、なんと甘美な罠だろう。

なんと、魅力的な背徳だろう。

幾重にも重なる蜜のような禁忌が、じわじわと雅の心に染みを広げ始めた、その時だった。

「……お待ち下さい、北小路様！」

天地の声が廊下に響き、足音がこちらに近づいてくる。はっと我に返った雅とほぼ同時に、膝の上の偲が耳をぴくんと動かして顔を上げた。

「な、なに……？」

北小路と言うからには、忍が来たのだろうか。様子を窺っていた雅だったが、そこで廊下から声をかけられた。

「入ってもいいですか、吉野」

「あ、う、うん」

一声かけた忍が、部屋に入ってくる。兄の姿を見とめた途端、ふっと表情を緩めた忍は、いつもの背広姿ではなく、畏《かしこ》まった燕尾服姿だった。その後ろから、天地も顔を出す。

「どうしたんですか？　天地さんまで……」

今は見世が一番忙しい時間帯じゃないだろうか、と不思議に思った雅だったが、天地が答えるより早く、忍が雅の手をくっと引っ張って言った。

「出かけますよ、吉野」

「え？　で、出かけるって？」

腰を浮かせた雅の膝から、偲がうみゃ、と不満そうに鳴いて飛び降りる。じとっとした目で見上げてくる子猫に謝る暇もなく、雅は忍に引っ張り上げられるようにしてその場に立たせられた。

「し、……旦那様……？」

天地の手前、忍と呼ぶこともできない。目を白黒させながらもどうにか慣れない呼称を押し出すと、眉を軽く顰めた天地が口を開いた。

「北小路様、いきなり外に連れ出すなんて、あまりにも乱暴ですよ。この子はもう十二年もこの色町から出たことはないんですから……」

「え？　そ、外？」

吃驚して目を丸くした雅に、微笑みを浮かべた忍が頷く。

「ええ、外です。出たいって言っていたでしょう？」

「出たいって、……僕が？」

身に覚えのないことを言われて戸惑った雅は、そこで一昨日のやりとりを思い出した。

確か忍が雅の体調を案じてくれた時、外を見ていたことを指摘されて、そんな返事を返した気がする。しかし、生返事だったはずなのに、そんなことまで忍は覚えていたのだろうか。

「折角なので夜会に付き合ってもらおうかと……、どうしましたか？」

唖然《あぜん》としている雅に気づいて、忍が怪訝な顔をする。特に外に出たい訳ではなかった、と正直に言うのも躊躇われて、雅は慌てて言い訳を口にした。

「ううん、あんまり唐突だったから吃驚して……。あの、夜会って、僕が？」

忍が答えるより早く、天地が割って入って嘆息する。

「北小路様、この通り本人も戸惑っていますから、今日のところはお座敷で琴でもお楽しみになった方が……」

「それでは、他の馴染みとなんら変わりないでしょう」

煩わしい、と言わんばかりに天地を遮って、忍が続ける。その表情は、雅に相対していた時とは打って変わり、まるで拒絶するように冷たく、険しいものだった。

「そう心配しなくとも、ほんの数刻だけです。吉野はそのまま逃げ出すようなことはしないし、身請け話が保留の今、無理心中する訳がないでしょう？」

「それはそうでしょうが……」

「吉野がいいと言ったなら、連れ出していいと仰ったじゃないですか」

渋る天地に、忍が冷然と畳みかける。漸く事情が呑み込めてきて、雅は口を挟んだ。

「あの、でも僕、そんなところに行くような洋服なんて持ってないし……」

馴染み客から綺麗な振袖や帯はいくつも貰っているけれど、どれも女物だし、和装だ。夜会というのは、洋装の男女が踊ったりお喋《しゃべ》りするところではないのか。

戸惑う雅に、忍が口元を緩めて微笑みかけてくる。

「ああ、それはこちらで用意しましたから。……吉野は、なにも心配しなくていいんですよ」

だから行きましょうと言う忍に、雅はしばし逡巡する。

夜会なんて行ったことはないから不安だけれど、もしかしたら忍と話をする、いい機会かもしれない。兄が本心から北小路への復讐を望んでいないと分かれば、忍も溜飲《りゅういん》を下げてくれるかもしれない。

けれど、と気になって、雅は天地をちらりと見やった。

「……あの、本当にいいんですか、天地さん」

自分がいいと言ったら、と言っていたけれど、本来雅は借金を返済し終えるまで大門をくぐってはいけない決まりだ。そう簡単に許してしまっていいのかと遠慮が先に立った雅に、けれど天地はため息をついて頷いた。

「いいよ、吉野がしたいようにして。今まで真面目に勤めてくれたお前を信用してない訳じゃないし、……それに、あんなに金を積まれちゃ、嫌とは言えないさ」

「金って……」

まさか、と仰ぎ見た忍は、雅の視線を受けて軽く肩を竦めてみせた。

「ただの保証金ですから。それより、いいなら早く行きましょう」

「ああ、お待ち下さい。行くならちゃんと外套を着ていきなさい、吉野」

畳んであった吾妻《あずま》コートを広げて、天地が釘を刺してくる。

「体を冷やさないように。見世が終わる前には帰っておいで」

「は、はい。あの、ありがとうございます」

袖に腕を通し、深く頭を下げた雅に、天地が苦笑まじりにため息をつく。足元にじゃれついてきた偲を抱き上げた天地から、行っておいで、と見送りの言葉が出るや否や、雅はぐいっと忍に手を引かれた。

「こちらに。迎えを待たせてありますから」

口元をやわらかく緩め、眦を下げて微笑むその顔は、雅に幼い頃の忍を思い出させた。

「……うん」

昔のような屈託のない笑顔ではないし、繋がれた手も幼い子供のような温もりはなく、ひんやりと冷たい。けれど、それでもやはり忍は自分の弟なのだという実感をひしひしと感じられて、じんわりと胸が温かくなった。

きっと、分かってもらえる。

仲のいい兄弟に、戻れる。

そう希望を抱きながら、雅はぎゅっと忍の手を握り返したのだった。

ブロロロ、とエンジン音が響く車内で、雅《みやび》は緊張に身を強ばらせていた。隣に座った忍《しのぶ》が、雅の手を握ってくすくすと笑う。

「兄さん、そんなに緊張しないでも大丈夫ですよ」

「だ、だって、こんなに速く走るなんて……、ひっ！」

ガタン、と車体が揺れる。尻が座席から浮くのが怖くて、雅は思わず忍の腕にしがみついた。

兄さん、と忍が目を細めるが、それに答えることもできない。忍に復讐をやめるよう説得することももう頭から吹っ飛んでいて、ただただ早く終わってとしか思えなかった。

運転席から、忍の部下だという堂山《どうやま》がすまなそうに声をかけてくる。

「どうも道が悪くてすいやせん。あとちょっとで着きますから」

「は、はい……！」

運転手の堂山は四、五十位の中肉中背の男で、聞けば今まで桜屋《さくらや》への行き帰りの車も堂山に出させていたらしい。北小路《きたこうじ》の当主にも内密に通っていたのだろうから、忍にとって堂山は信用のおける男なのだろう。

「にしても、北小路の旦那のお兄様が、こんな別嬪《べっぴん》さんとはねぇ」

にこにこと笑う堂山の言葉に、雅は頬に朱を上らせて俯いた。今の格好で兄と呼ばれるのは気恥ずかしい。なにせ雅は、慣れない洋装、しかも女物のドレスなど着せられているのだから。

桜屋から連れ出された雅は、そのまま忍が待たせていた迎えの車に乗せられた。しかし、雅は生まれてこの方、車などというものに乗ったことはない。走り出してすぐの数分間は、真っ青な顔をして無言で震えていることしかできなかった。

そうこうする内、忍は車を一軒の洋装店の前で停めた。そこで、出かける時に着ていた着物からこのドレスに着替えさせられ、また車に乗せられたのだ。

着替えさせられたドレスはやわらかい桜色で、まるで花びらのようにふんわりとしたスカートが踝《くるぶし》までを覆っていた。誂《あつら》えたように雅の体にぴったりの寸法で、腰に大きなリボンがあしらわれている他、白いレースの手袋に、雅にはなにか分からない、きらきらした宝石の首飾りまでつけさせられている。同じ洋装店で長い黒髪もこてをあてられて整えられ、生花のついた髪飾りで華やかに飾られていた。車に乗せられる前に姿見で見た自分は、まるで年端もいかない少女のようだったことを思うと、また顔が赤くなってしまう。

夜会に出る為に用意をしてあるとは言われたものの、それがまさかこんな格好だとは思ってもみなかった。

「まだ帰国したばかりで、夜会に出るにも同伴を頼めるような女性もいないんです。兄さんが協力してくれると言ってくれて、助かりました」

「そ、そんな、ひゃ……っ」

そんなこと言った覚えはないと言いたいけれど、舌を噛んでしまいそうでそれすらもできない。ぐるぐると目を回しかけている雅を楽しげに見やってから、忍は低めた声で運転席の堂山に念押しした。

「堂山、分かっているとは思うが、兄のことはまだ内密に頼むよ。祖父にも打ち明けていないんだから、お前もそのつもりでいてくれ」

「へい、分かってやす。ああ、着きましたよ、旦那」

キッと音を立てて車を停め、堂山が後部座席のドアを開ける。先に出た忍に白手袋をした手を差し伸べられて、雅は躊躇《ためら》った。

「忍、僕……」

「しぃ。今日は女の振りをするんですよ、兄さん。さ、お手をどうぞ」

微笑みを浮かべた忍に促されて、雅は仕方なく手を預け、立派な洋館へと続く石畳を進んでいった。日頃から振袖を着ているのだし、これは女装というよりいつもの着物が洋装に変わっただけと思えばいい、となんとか自分を納得させながら、慣れない靴で歩く。

しかし、一歩館に足を踏み入れた途端《とたん》、思い悩んでいたあれこれは、一瞬でなにもかも吹き飛んでしまった。

「わ……」

自分の格好も、先ほどの初体験の車のことも忘れて、雅は別世界のようなその光景に思わず息を呑んだ。

玄関ホールの中央の天井からはきらきらと豪奢《ごうしゃ》なシャンデリアが垂れ下がり、昼間よりもなお明るい光に館全体が煌《きら》めいている。床一面に磨き込まれた大理石が敷かれ、館の右翼に位置する奥の部屋から大勢のさざめきが聞こえてきていた。目の前には赤い絨毯《じゅうたん》の敷かれた大きな階段が据えられていて、そこかしこで洋装の男女が談笑している。

大きく目を見開いたままその場で固まっていた雅に、忍が苦笑を漏らした。

「そんなにまん丸な目をして。零れ落ちても知りませんよ」

「忍……、あ、あの、僕、帰る」

場違いすぎて、とてもこんな華やかな場にはいられない。ぎこちなく首を巡らせて雅が言うと、忍が笑みを深めた。

「ここまで来てなにを言っているんですか。さあ、あちらに」

「……うん」

いつになく上機嫌な忍に誘われ、雅は挫《くじ》けそうになりながらもなんとか頷いた。忍が雅の望みを叶えようと無理を押して連れ出してくれたことは嬉しかったし、それにこんなにも楽しそうな忍は再会してから初めてだ。北小路のことも、まだきちんと話をしていない。

けれど、普段下駄ばかり履いている雅にとって、踵《かかと》のある靴で歩くのは難しい。よろけそうになっていると、忍に腕を差し出された。

「ご、ごめん、忍」

「いいから、しっかり摑まって下さい。転ばないように、……俺から離れないで」

「う、うん」

ゆっくりと歩を進める忍にぴったり寄り添うよう促され、雅がその腕にしがみついてどうにかこうにか奥の部屋に辿り着いた、その時だった。

「ま、今夜は随分《ずいぶん》と可愛らしい方をお連れですこと、北小路様」

艶やかな葡萄酒《ぶどうしゅ》色のドレスを身に纏い、羽付きの扇子をかざした女性が忍に近づいてくる。年の頃は三十そこそことといったところだろうか。上品だけれど華やかな美人で、強い眼差《まなざ》しをしていた。

「お招きありがとうございます、マダム」

表情を改め、一礼する忍に倣《なら》って、雅も慌てて頭を下げる。どうやら彼女がこの館の主らしい。

二人に鷹揚《おうよう》に頷いて、マダムと呼ばれた彼女は忍に微笑みかけてきた。

「それで、こちらはどちらのご令嬢？　英国からお連れの方なのかしら？」

「残念ながら、それは秘密なんです。……私の一番近しい人、とだけ申し上げておきましょう」

秘密めいた笑みを浮かべる忍に、マダムがまあ、とおかしそうに笑う。

「今一番話題の北小路家の若君がどんなお嬢さんをお連れになるのか、みんな楽しみにしてましたけれど……。今夜は枕を涙で濡らすご令嬢がたくさんいらっしゃるでしょうね」

罪な方ね、と微笑みかけられて、雅は困惑した。忍は同伴を頼める女性がいないと言っていたけれど、話を聞いている限りではそんな心配はなさそうに思える。自分のような女の装いをした兄が同伴しているのを見ただけで泣く令嬢がいるなら、そちらに同伴を頼めばよかったのではないだろうか。

どう返答したものか困り果てていた雅だったが、続きは忍が引き取ってくれた。

「あまり困らせないでやって下さい。こういう場には不慣れで……、それにとても内気なんです」

「ま、お優しい。ふふ、ごめんなさいね」

ころころと笑うマダムに、雅は慌てて首を横に振った。こんな時、どう振る舞えばいいのか分からないのが歯がゆい。

しかし雅とは対照的に、忍は慣れた様子で会話を続けた。

「マダムは本当に人をからかうのがお好きでいらっしゃる。今夜も祖父でなく私をお招きになるから、祖父はすっかり臍《へそ》を曲げていましたよ」

「あら、ご冗談を。北小路のご隠居《いんきょ》様は、滅多《めった》に人前にお出にならないと評判の偏屈でしょう？ それに私は、今にも朽ち果てそうな枯れ木に、むざむざ水をやるような酔狂《すいきょう》者ではないの」

さらりと辛辣《しんらつ》なことを言って、マダムは雅に向き直った。思わず姿勢を正した雅に、やわらかく微笑みかけてくる。

「なんのお構いもできませんけれど、どうぞお楽しみになっていって」

「は、はい……。あの、ありがとうございます」

なんとかお礼を口にした雅にもう一度微笑んで、マダムは忍に首を傾げてみせる。

「そうそう、是非《ぜひ》ご紹介したい方がいらっしゃるのだけど、お付き合いいただけるかしら？」

「いえ、今日は……」

「……吉野《よしの》？」

断りかけた忍の声に、男の声が重なったのは、ちょうどその時だった。見世での名を呼ばれ、慌ててそちらを振り向いた雅は目を丸く見開いてしまう。

「清水《しみず》、様……？」

「久しぶりだね、吉野。……ああ、ドレスもよく似合っている。北小路君と一緒なのかい？」

そこには、陸軍の制服を身に纏った、かつての馴染み客がいた。確か忍が桜屋に登楼《とうろう》した時に持ってきた紹介状は、この清水が書いたものだったはずだと思い出して、雅は慌てて頭を下げた。

「お久しぶりです。あの、その節はお世話に……」

「ああ、いいから。北小路君には私も色々都合をつけてもらったからね」

ねえ、と親しげに忍の肩に手をかける。

「……いえ、私はただ、お節介を焼いただけですので」

珍しく歯切れの悪い調子でそう答えた忍の横顔は、心なしか強ばっているようにも見える。けれど、雅が忍に声をかけるより早く、マダムがにこやかに割って入ってきた。

「あら、お知り合いならお二人で少しお話しでもされたらいかが？　ちょうど私も、北小路様に用がありましたの。お取引のご相談をしたいという方がいらっしゃっていて……」

「いえ、しかし……」

渋る忍が、自分を気にしていることを察して、雅は咄嗟《とっさ》に口を挟んでいた。

「あの、ぼ……、私なら、大丈夫だから」

僕、と言いそうになって、慌てて言い換える。仕事の話があるなら、そちらを優先してほしい。こういった社交の場はその為にもあるのだと察せられたし、才気溢れるマダムのような女性ならともかく、なにも知らない自分がついていっても邪魔になるだろうことも、言われずとも分かる。

「ですが、いきなり一人にする訳にも……」

躊躇う忍に、清水が請け負う。

「大丈夫だよ、北小路君。話の間、私が代わりにエスコートしているから。さあ、吉野」

「わ、……は、はい」

ぐいっと遠慮なく手を引かれて、雅はよろめきそうになるのをなんとか堪《こら》えながら、清水に自分から身を寄せた。

知らない他人だったらともかく、清水の温厚な性格は承知している。忍が、自分と雅が兄弟だとまで清水に話しているとは考えにくいけれど、少なくとも雅が色子《いろこ》であり、こういった場に不慣れなのも知っている相手だ。忍も、雅を一人にしておくよりは安心するだろう。

軽く会釈《えしゃく》して清水の腕を取ると、一瞬だけ、忍の眉がぐっと寄せられた気がした。けれど、雅がそれを確かめる間もなく、清水が踵《きびす》を返して歩き出してしまう。忍とは違う速い足取りに、雅はすぐについていくので精一杯になってしまった。

「吉野、こっちへ。ここで座ってお喋《しゃべ》りでもして、北小路君を待っていよう」

壁際に設《しつら》えてあったソファへと誘われ、それ以上歩かなくて済みそうなことにほっとする。

「はい、ありがとうございます」

「今、飲み物を持ってくるから。少し待っておいで」

にこやかにそう言った清水がボーイの方へと去ってから、雅はちらりと広間を見やった。すぐに、腕を絡めた忍とマダムが、紳士たちの集まる一角で談笑しているのが目に入る。華やかな二人はそうして並んでいるだけで衆目を集めていて、雅は隔たりを感じずにはいられなかった。

その声が聞こえる、姿が見えるところにいるのに、歩いて数十歩の距離がどうしてか、離れていた十年間よりも遠く思えてならない。

(分かっていた、はずなのに)

華族の一員となったと聞いた時から、自分と忍の歩む道が大きく離れてしまったと、知っていたはずなのに。

閉ざされた遊郭《ゆうかく》から一歩出ただけで、どう振る舞えばいいのか分からなくなってしまうほど、自分は世間を知らない。忍の世界を、知らない。

「そんな憂《うれ》い顔、桜屋では見たことがなかったな」

不意に声をかけられる。我に返って顔を上げると、そこにはグラスを二つ手にした清水が立っていた。

「葡萄酒は呑み慣れていないだろう？　オレンジを絞って割ってもらったよ」

「あ……、ありがとうございます」

どう致しまして、と微笑んだ清水が、雅の横に腰かける。グラスを軽く掲げて、清水は目を細めた。

「西洋では、こうしてグラスを少し鳴らしてから、酒を味わうものらしいよ。……再会を祝して」

乾杯、と軽くグラスを当ててくる。清水の真似をして雅もグラスを掲げてから、濃い紫色のそれにおそるおそる口をつけた。普段酌《しゃく》をするのは日本酒ばかりだったから、葡萄酒など初めて呑んだけれど、芳醇《ほうじゅん》な香りと共に仄かな甘味がするりと喉を通って、案外呑みやすい。

思わず口元を緩めた雅に、清水がよかった、と大仰《おおぎょう》に胸を撫で下ろす仕草をした。

「君があんまり浮かない顔をしていたから、お気に召さなかったらどうしようかと思ったよ」

おどけたように言う清水が、自分の気持ちを和らげようとしてくれているのが分かって、雅は頭を垂れて謝った。

「……すみません。その、……あまりにも、自分が場違いすぎて、身の置きどころがないような気がしていて……」

「ああ……、それは、分かる気がするよ」

私も軍人だからこういった場は苦手で、と笑って、清水はグラスを傾けた。

「でも、北小路君と一緒ってことは、彼に身請けされたんだろう？　あそこを出られてよかったじゃないか」

「あ……、あの、まだそうと決まった訳ではないんです。今日は楼主様のご厚情で、こちらに。……あの、申し訳ないのですが、この話は内密にしていただけませんか？」

忍が堂山に口止めしていたのを思い出し、雅も清水にそう頼む。分かったよと頷いて、清水は視線を広間に向けた。

「私も以前、英国に渡っていたことがあってね。北小路君とはその頃に見知っていた程度だったのだが、先日帰国の挨拶《あいさつ》に来るなり、君への紹介状を頼まれて」

「そう、ですか」

「驚いたけれど、随分熱心に頼まれてね。妻への贈り物を用立ててもらうのにも力を貸してもらって、それで紹介状を」

グラスを傾けながらそう言う清水は、やはり忍と雅が兄弟とは知らない様子だった。相槌《あいづち》を打っていた雅は、そこで広間の中央で一際大きなざわめきが起こったことに気づく。見ると、管弦の音色に合わせて、忍と先ほどのマダムが踊り始めたところだった。

「あ……」

一瞬息がとまりそうになってしまって、雅は胸の上に手を当てた。ぎゅっとドレスを握っても、早鐘を打つ鼓動が収まらない。

優雅なワルツに乗って、寄せ合った体を揺らす二人は、まるで絵画のように似合いに見える。華やかで美しい、恋人同士のようで――。

「……気に病むことはないよ、吉野」

「え……?」

そっと肩に手を置かれて、雅ははっと我に返る。いつの間にか、清水がひどく痛ましそうにこちらを見つめてきていた。

「こういった場では、女性をダンスに誘うのは礼儀のようなものだ。ましてや、マダムはこの夜会の主催者だからね。だから、そう妬《や》かなくてもいい」

言われて、雅は戸惑った。

「や、妬くって……、あの、私はそんな……」

「隠さなくてもいいよ。桜屋では見られなかった顔が見られて、私は少し嬉しいんだ。君は美しいけれど、いつも馴染みの誰にも気を許さなかっただろう？」

狼狽える雅に、清水が朗《ほが》らかに笑う。

「恋人と離れて不安気で寂しそうな顔も、そうして他の女性に嫉妬《しっと》する顔も、もし私にしてみせてくれていたら、今頃私は結婚をやめていたかもしれない」

「そんな……、そんな顔など……」

していない、と皆までを言えなくて、雅はグラスに口をつけた。

清水の言ったことは見当違いだと、言いたい。

自分はただ心配で見ていただけだと、だって忍は弟なのだからと訴えたい。けれど、二人が兄弟だと知らない清水に、弁明はできない。

そう、清水が事情を知らないから、そんな顔などしていないと強く否定できないだけだ。

決して、胸の鼓動が収まらないからではない。忍が他の女性と踊る姿に、靄《もや》のように広がる不安を抑えられないからでは、ない。

唇をきゅっと嚙んだ雅だったが、そこで不意に、手にしていたグラスを取り上げられた。驚いて顔を上げると、清水が穏やかな微笑みを浮かべている。

「……私たちも踊ろうか」

「え？」

「ほら、こっちにおいで」

戸惑う雅の手を取って、清水がソファから立たせる。そのままダンスの輪の中心へと引っ張られて、雅は慌てて清水に訴えた。

「あ、あの、清水様……！　私はダンスなんて……」

「大丈夫。私に合わせて体を揺らしていればいいよ」

ぐいっと雅の腰を抱いた清水が、そのまま体を揺らし出す。けれど、歩くのもやっとな慣れない靴で、やったこともないダンスのステップなど踏める訳もない。清水に振り回されるようによろめく雅は、自分が周囲の視線を集めていることに気づき、かあっと頬を紅潮させた。

「清水様、もう、お許し下さ……、あっ！」

辺りをはばかって小さく声を上げた雅だったが、その時、折り悪《あ》しく清水がターンして、足を捻ってしまう。足首に走った鈍痛に、雅は小さく悲鳴を上げた。

「痛っ……！」

「に……っ、吉野！」

その場に崩れ落ちた雅の腰から清水の腕が離れるのと、名前を呼ばれるのとは、殆《ほとん》ど同時だった。倒れ込みかけた体を、清水とは別の長い腕に支えられる。

気がつけば、雅の目の前には、忍の顔があった。

やや角張った顎に少し厚めの唇、すっと通った形のよい鼻、自分と似ている、黒めがちな瞳。

「……っ」

大きく目を瞠《みは》って、雅は忍を見つめた。じっと雅を見つめ返して、忍がゆっくりと唇を開く。

「……大丈夫ですか？」

「う、……うん」

甘やかな低い声に問われて、雅はこくりと頷く。と、周囲に人だかりができていることに気づいて、雅は慌てて立ち上がろうと身を起こそうとした。

「あ、あの、ごめ……、っ！」

けれどその瞬間、ずきん、と足に痛みが走る。思わず顔をしかめた雅を見とめて、忍がぐっと眉を顰《ひそ》めた。

「足ですか？　もしかして、捻って……」

「ああ、すまない、北小路君」

慌てて雅の傍《かたわ》らに膝をついて、清水が謝ってくる。

「私が吉野に無理をさせたから……」

労《いたわ》るように雅の足に手を伸ばしかけた清水だったが、その手は忍に素早く遮られた。

「……手を引いていただけませんか、清水様」

無理に押さえつけたような低い声でそう唸った忍が、鋭い眼光で清水を制す。たじろいだ清水には構わず、忍は雅の膝裏に腕を差し込むと、有無を言わせずそのまま立ち上がった。

「わ……っ」

一瞬ぐらっと揺れた視界に驚いた雅は、思わず目の前の忍の首元に縋りつき、そして自分が弟

に横抱きにされていることに気づく。

「し、の……っ」

「黙ってないと舌を嚙みますよ。……マダム、部屋をお借しいただけますか」

雅を遮った忍が、湿布等も、と付け加える。

「ええ、もちろん。さ、こちらに」

頷いたマダムの先導で、雅は忍に抱えられたまま広間を横切る羽目になった。じろじろと好奇の目を向けてくる周囲に耐えかねて、雅は忍に小さく訴えかける。

「あ、あの、歩ける、から……」

「いいから、しっかり摑まっていて下さい、吉野」

撥《は》ね除けるような強い口調でぴしゃりと言われて、雅はふと気づいた。

先ほどから、忍は自分のことを『吉野』と呼んでいる。女として扱うのならば、雅と呼んでもいいはずだ。雅の本名を知らない清水ならともかく、忍までもが源氏名で呼ぶ必要はない。

(忍……?)

きつく眉を寄せた弟に、どうして、と心の内で問いかける。

小さな疑問は水滴のように波紋を広げ、雅の胸にじわりと色濃く、深く染みを残したのだった。

淀みない足取りで別室まで辿り着いた忍は、部屋の奥に設えてあった豪奢なソファに寝かせるようにして、雅を下ろした。湿布や包帯を運んできた館の召使いを下がらせてから、雅の靴を脱がせ、スカートを脛《すね》まで捲り上げる。

「ああ、こんなに擦れて、赤くなって……」

眉を寄せ、じっと雅の足を検分する忍に、雅はおずおずと申し出た。

「あの、もうそんなに痛くないし、本当に手当するほどじゃ……」

けれど、忍は耳を貸す気はないとでも言わんばかりに手早く背広を脱ぎ、シャツの袖を捲ってしまう。さっと濯《すす》いだ真新しい手拭いで爪先から足首までを丁寧に拭われて、雅はその手を拒むこともできずにじっと大人しく受け入れた。

「つっ……」

「染みますか?」

雅が息を詰めると、忍がその手をとめてじっと様子を窺ってくる。強い眼差しに、雅は答えることも忘れて忍を見つめ返した。

ややあって視線を外したのは、忍の方だった。どこか拗《す》ねたような、悔しさを抑えるような表情で苦々しげに言う。

「……今日ばかりは、兄さんが悪いんですよ。あんな男の誘いに軽々しく乗るから、こんな目に遭うんです」

「あんな男って……。清水様にそんな言い方……」

あんまりな言いように、雅は眉を寄せ、忍を窘《たしな》めようとする。けれど、雅の言葉を聞いた途端、忍はすっと冷たく目を細めて一蹴した。

「……兄さんは、妻がいるというのに、昔の馴染みの芸妓に鼻の下を伸ばしているような男を庇《かば》うんですか？」

「そんな……、忍……！」

「ああ、それとも、本当はあの男にこうして手当させるつもりだった？」

長い指で包み込むように雅の足を捧げ持ち、足首に高い鼻梁《びりょう》を押し当てて、すう、と息を吸い込む。肌の匂いを嗅《か》がれているのだと気づいて、雅は狼狽えてしまった。

「か、嗅がないで、そんな、足なんか……！」

「何故です？　兄さんはどこもかしこも、こんなにいい匂いなのに」

たじろいだ雅に構わず、味わうようにもう一度深く息を吸い込んで、忍は目をきつく眇めた。

「どうして、あんな男を庇うんです？　……昔の馴染みに、まだ未練でも？」

「ち、違うよ、そんなこと……！」

「……どうだか。兄さんは男なしじゃいられない淫乱ですからね。俺の目が届かなくなった途端、男漁りをしていたって、なにも不思議じゃない」

「な、にを、言って……」

とんでもない言いがかりをつけられて、雅はたじろぐ。

どうして忍がそんなことを言い出すのか、分からない。ただ、目の前の弟がなにか、雅には分からないなにかに、激しい怒りを覚えているのは確かだった。

「そんなこと、してない……」

喘ぐように、どうにかそう震える声で訴えた雅に、忍がうっすらと笑みを浮かべる。雅の足から手を離した忍は、そのままソファに片膝を乗せて顔を寄せてきた。

「信じられませんね。暫《しばら》く男に抱かれてないから、溜まっていたんでしょう？　それで、手近にいた昔の馴染みと、愉《たの》しもうとしていた。……違いますか？」

「そんな……、なに、言って……」

「……許さない」

瞠目《どうもく》する雅を、這うように昏《くら》い声が遮る。

「兄さんは俺のものだと、何度言えば分かるんですか？」

弟の唇は、歪んだ笑みに彩られていた。

昏い、どこまでも昏い闇のような目が、ぎらぎらと雅を見据えてくる。

「どうすれば……っ、どうすれば、俺のものに……！」

「忍……！」

獣が這うように迫ってくる忍に気圧されて、雅の背ががくんとソファに沈む。意図せず宙を蹴った足が、桜色のドレスの裾を捲り上げた。ソファの上で雅の下肢が露《あらわ》になったのを見て、忍が一瞬目を瞠り、そしてすうっと細める。

「……なんです、これ？」

「え……？」

忍の視線の先を追って、雅はかっと頬を赤らめた。

「ち、違……っ！　これはあの洋装店で、ドレスの下にはこういうのを穿《は》かないといけないからって言われて……！」

隠そうともがいた雅の両手首を片手で素早く纏めて留め、忍はその長い指先で、露になった艶やかな布地をなぞってきた。絹地に薄紅や桜色の花のレースがついたそれは、どう見ても女物の下着だった。

「ふふ、変態ですか、兄さん。こんなもの、いくらなんでもおかしいと思うでしょう、普通」

ああそれとも、と忍が嘲笑《あざわら》う。

「男を誘うのに都合がいいから、そのまま穿いていたんですか？　最初から、俺の目を盗んで、夜会で男を誘惑しようとでも思っていた？」

「ち、が……」

信じられないような濡れ衣を着せられて、雅は懸命に首を横に振った。

洋装店の店主は、振袖を着て訪れた雅を女と勘違いしている様子だった。ドレスなんて初めて着ると言ったら、下着も持っていないだろうと出してくれたのがこれだったのだ。さすがに恥ずかしいからと断ろうとしたら、穿かない方が恥ずかしいとそう言われて、仕方なく身につけただけなのに。

ただそれだけのことなのに、忍にそんな疑いを抱かれるだなんて、目の前が真っ暗に淀んでいくようだった。

「ああ、でもよく似合っていますよ、兄さん。とてもいやらしくて、恥ずかしい」

「み、見ないで……！」

うっとりと目を細めた忍にそう言われて、雅は耐え難《がた》いほどの羞恥と屈辱に顔を真っ赤にして身を震わせた。しかし忍は一向に雅を解放する気配もなく、兄さん、と唇を歪ませる。

「……誘惑、されてあげますよ」

ねえ、とまるで慈《いつく》しむようにそう言って、忍が雅を見下ろしたまま微笑みかけてくる。

「男と、したかったんでしょう？　……だったら俺が、してあげます。兄さんは、俺が買ったんだから。……俺の、ものなんだから」

「い、嫌……！」

忍の言葉に、雅は目を瞠って逃げ出そうとした。けれど、両手を忍に押さえられたままではろくな抵抗もできない。そうこうするうちに、下半身も巧みに足で押さえ込まれてしまい、雅は身動きが取れないまま、忍の手に局部をすっぽり覆われてしまった。

「やめ……っ、忍……！」

「どうして？　好きでしょう、男にこう、されるの」

くす、と唇だけで微笑んだ忍が、ゆったりと手を上下に動かし始める。

笑みを浮かべていても、忍が心底怒りを感じていることは分かるのに、その激情の理由が分からない。今は北小路のことも関係ないはずなのに、何故忍が兄の自分に淫らな行為を強《し》いようとしているのかも、分からない。

分からないのに、練《ね》れた体は薄い布越しにさすられただけで過敏に反応してしまう。ぴくっと腰が揺れて、雅は泣き出しそうに顔を歪めながら必死に訴えた。

「さ、……触ら、ないで」

「どうしてです？」

「どう、して、って……」

こくりと震える喉を鳴らして、雅は小さく熱い息を唇から逃した。触れているのは弟の手なのに、貪欲に快感を拾い上げて悦《よろこ》んでいる体が恥ずかしくて、情けなかった。

「だって、兄弟でこんなことは……」

「俺の手でこんなに前を腫《は》らして、なにを今更言っているんです？」

膨らんできた下着の上で、さすさすと手が上下する。ぎゅっと目を瞑《つむ》った雅に、忍が低く掠れた声で囁いてきた。

「大丈夫ですよ。兄さんがいくら淫乱でも、俺だけはずっと兄さんのことを見捨てませんから」

「し、のぶ……」

「いずれ離れていってしまうような他の客とは違う。……どれだけ離れていても、必ず兄さんのことをずっと、愛してあげる」

すう、と目を細めて、忍がまるで誓いの言葉のようにそう言う。

「だって、兄弟ですから。他の誰も、俺の代わりにはなれっこない。そうでしょう？」

「ん……っ」

つ、と形を指先でなぞり上げられる。ぴくぴくと体を震わせながらも必死に耐えている雅を嘲笑うように、忍が何度もくすぐるように指先を蠢《うごめ》かせた。

「だから、素直に乱れてもいいんです。……欲しいんでしょう？」

男が、と吐息だけで唆《そそのか》される。ぞくりと背筋を駆け抜けた痺れるような甘い感覚に、雅は必死に首を横に振った。

「……しく、ない……っ！」

「俺に抱かれて、あんなによがっていたのに？　ほら、今だって、……濡れてきた」

「い、や……っ」

かり、と布地越しに裏筋を引っかかれる。ぴくんと反応したそこの頭が、小さな布からはみ出した。可憐《かれん》な下着からつるりと赤い鈴口が覗く淫猥《いんわい》な光景に、忍が唇を歪ませて笑う。

「体はこんなに素直なのに、どうしてそう強情なんですか？　欲しいと一言言ってしまえば、楽になれるのに。……気持ちよかったでしょう、俺のものは。大きい、太いって、嬉しそうに腰を振っていたじゃないですか。前をはしたなく濡らして、散々喘いだでしょう？」

「ひぅ、あ……っ、い、や……っ！」

親指の腹で、ぬちぬちと小孔を弄《いじ》られる。直接的な刺激に必死に声を押し殺そうとする雅を嘲笑うかのように、忍はそこを執拗に指先で嬲《なぶ》ってきた。

「ん……っ、く……！」

「一度抱かれてしまったんだから、我慢なんてしなくていいじゃないですか。もう、他の男は兄さんを抱けないんですよ？　兄さんが咥《くわ》え込める男は、俺しかいないんです」

「で、も……、でも……っ！」

「……欲しいと、言ってごらんなさい」

「や、嫌、嫌……！」

闇雲に首を振って、雅は忍の言葉を懸命に否定した。快楽に押し流され、消えそうな理性に、必死に縋りつく。

「駄目、だ……から……っ、忍は、……のぶ、だけ、は……っ！」

「……聞きたくない。そんな、……そんな言葉は……！」

「ひぃあああっ！」

低く唸った忍が、雅の手を解放するなり体を下げ、破れんばかりの勢いで下着を下ろしたかと思うと、そこに文字通りむしゃぶりついてくる。

「ひっ……！　あ、あ……！」

「兄さん……、ああ、こんなに、ぬるぬるにして……」

「い、や……っ、嫌あぁあ！」

「美味しいですよ、兄さんの……。もっと、……もっと、飲ませて下さい」

敏感な亀頭をきつく吸われ、全容をしゃぶりつくされる。びくびくと面白いように跳ねる雅の腰を押さえ込んで、忍は熱い吐息の下から何度も兄さん、と囁きを落としてきた。根元まですべ

てを口腔《こうこう》に取り込んで舌を絡ませながら、淡い茂みに埋めた鼻先で兄の恥毛の匂いを嗅ぐ。

「い、や……っ、あ、しの……っ」

「……兄さんは、匂いまで、……ん、は……、いやらしい……」

ちゅるりと舐め啜りながら、うっとりと微笑む。

「まるで男を誘う、花みたいですね。……綺麗な体と、甘い蜜と、……いい、匂い」

「ひぁ、あ、あ、あ！」

「ああ、……ああ、俺の、兄さん。……んぶ、全部……っ、俺だけの……」

なにかに取り憑《つ》かれたかのように繰り返しそう呻いて、じゅぽじゅぽと上下に激しく頭を振る。

尖らせた舌先で蜜孔の中までほじられ、一滴も逃さないというかのようにちゅるちゅると啜られて、雅はあまりの快感に意識が白く明滅《めいめつ》するのを感じた。

「はな、離して……！　で、る……っ、でちゃう、から……っ！」

「ん、……んむ、ああ、兄さん……。一番美味しい、蜜が……」

陰嚢《いんのう》からせり上がるそれを辿るように、大きく出した舌腹で花茎をぬめぬめと舐め上げられる。はやく、と吐息を弾けさせた忍に、促すようにちゅうっと全部を吸い上げられ、雅はあられもない声を放って限界に達した。

「ひっ、いやあ、あ、あぁあ！」

「……ん、ん、う……、ふふ、は、はは、あ……」

とぷりと噴き上げた先から嚥下《えんか》され、巻きつく舌に残滓《ざんし》を吐き出すよう、扱かれるようにして促される。ごくりと喉を鳴らして兄の精液を飲み下しながら、忍は愉悦に満ちた笑みを零した。耳の奥底まで響くその声に、雅は目の前が暗く淀むような錯覚を覚え、背筋を震わせた。

「あ……あ……」

かたかたと、小さく歯が鳴る。

「……兄さん」

萎《な》えた性器をくまなく舐めつくしてから、忍はゆっくりと身を起こした。蕩《とろ》けそうなほど甘い笑みを口元に湛《たた》え、ソファの下にするりと膝をついて、恭《うやうや》しく雅の足を捧げ持つ。触れてはならない、神聖なものにするようなくちづけを落とした忍は、そのまま爪先に頬ずりをしながら囁いてきた。

「……兄さんは、綺麗だ。まるで桜の花みたいに」

低く甘い声が、詠《うた》うように続ける。

「どんな男が兄さんを汚そうとしたって、兄さんは汚れやしない。ずっと、ずっと綺麗なままで、……憎らしいくらい、綺麗で……」

鼻先を押し当て、すう、と深く息を、匂いを吸い込んだ忍に、爪先を甘く噛まれる。与えられたその疼痛《とうつう》に、雅の心は蝕《むしば》まれるような疼きを覚えた。

「俺の、ものだ。……俺の、……俺だけの……」

傲慢な言葉に、絶望の匂いが、色が、滲む。

まるで、その言葉通りには決してならないことを知っているかのように。

しのぶ、と声にならない声で呼んで、雅は静かに目を閉じた。

なにも知らない他人のような、けれど紛れもなく自分の弟であるその名前は、届くことは叶わない願いのように、すうっと瞼の裏の闇に消えていった。


雅の足の手当を終えた後、少し挨拶をしてくると言った忍は、雅を車にと堂山に命じて広間に戻っていった。兄さんを見張っておけと言い捨てた忍は、館に着くまでとはまるで別人のように冷たく、他者を拒む眼差しをしていた。

「すみません、堂山さん……。あの、歩けますから」

堂山の背に負ぶわれて館の玄関を出る際、雅は何度も下ろしてくれと頼んだけれど、堂山は一向に首を縦には振らなかった。

「ちょっとでも下ろしたら、あっしが旦那に叱られますから。さ、ちゃんと摑まってて下さいよ」

そう言われては断りきれず、雅は堂山の背に揺られて車寄せまで戻ることになった。

けれど、頭の中は忍のことでいっぱいで、自然とため息をついてしまう。話をする機会があるかと夜会に来たはずなのに、結局また忍にあらぬ誤解をされて、あんなことまでされてしまった。

男なしではいられない淫乱と、そう言われても仕方がない、淫らな体だとは、自分でも分かっている。けれど、それを真っ向から自分にぶつけてくる弟が、悲しかった。

忍はもう、変わってしまったのだろうか。

兄を慕う気持ちを残してくれていた、そう思ったのは勘違いだったのだろうか。

「お悩みですねぇ」

堂山に言われて、雅は慌てて謝った。

「あ……、す、すみません」

運んでもらっているのに自分のことで手いっぱいだなんて、なんて失礼をしてしまったんだろうと恥じ入る。けれど、堂山はいいんですよと穏やかに笑った。

「北小路の旦那は、ああは言っちゃいたけど、本当はそれはそれはお兄様思いな方ですよ。色町から外に出してあげたいって、そればっかりだったんですから」

「え……？　あの、それはどういう……」

思いがけないことを言われて、雅は目を瞬かせた。いえねぇ、と間延びした声で堂山が答える。

「ここのところ旦那ときたら、探してたお兄様にやっと会えたってぇのに沈んでらっしゃってね。仲違《なかたが》いされてたんですって？」

「あ、の……、それは……っ」

「ああなに、責めようってんじゃないんです。兄弟喧嘩くらい、どこにでもありますさぁね」

うちの子供らもしょっちゅうで、と笑う堂山は、すべてを知っている訳ではないらしい。近親相姦を知られているのかと一瞬怯えた雅だったが、堂山の認識がごく軽いことを知って安堵《あんど》した。

着きましたよ、と雅を車の後部座席に下ろした堂山は、運転席の方に回って話を続けた。

「けど、その前までは、お兄様を助け出したら一緒にどこそこへ行くとか、それはもう楽しそうに仰《おっしゃ》ってたんですよ。活動写真とか、流行りの義太夫《ぎだゆう》とかね。なのに、それがぱったり止んじまったのが、またお辛そうでねぇ。外へ出たがっているのに出してやれないと零してらしたから、なら仲直りがてらどこかへお誘いしたらどうですって、あっしがお節介焼いちまったんでさ」

「……そうなんですか」

「なんせ、今はお兄様は不遇の身だけど自分が助け出すんだって、それはもうしょっちゅう聞かされてましたからね。いずれは、北小路のお家を二人で盛り立てていくおつもりなんだろうと思いますよ。だから今後のことを考えて、少しずつああいった場に慣れるようにってお連れしたんじゃないですかねぇ」

そうに決まってますよ、と納得したように頷く堂山だったが、雅はどうにもひらひらした衣装が気になってしまう。

「でも、こんな女性の格好でなんて……」

「そりゃあ、あなた様みたいな別嬪さんがこんな見事な鬢《びん》をしてるんじゃあ、男の格好より女の方が似合うに決まってまさぁ。まだお勤めがあるから御髪《おぐし》は切れないんでしょう？　長い髪で男のなりなんざ、今の世の中目立ちまさぁね」

からからと笑う堂山には悪気はなさそうで、雅はふと、自分の髪が短かったら忍はどうしただろうと考えかけ、首を横に振った。この髪は、雅が陰間《かげま》である証《あかし》のようなものだ。短かったらなんてことはあり得ない。

目を伏せた雅には気づかない様子で、堂山は声を潜めた。

「……ここだけの話、今のご当主様は方々に恨みを買っていらっしゃいましてねぇ」

「そう……なんですか？」

ご当主というと、中瀬《なかせ》と偽名を名乗っていた北小路のことだろう。雅には随分目をかけてくれていたから、そんなことは思いも寄らなかったけれど、そもそもあの老人は雅を十年も欺《あざむ》いていたのだ。思えば雅が拾った偲《しのぶ》のことにしたって、随分と辛辣な態度だった。

車中で他に聞かれる心配もないせいか、堂山は饒舌《じょうぜつ》に話し出した。

「いえね、これが人足《にんそく》たちの待遇もひどいもんで。その点、旦那はこっちに帰国して間もないってのに、賃上げだなんだと随分奔走《ほんそう》してくれて」

「忍が……」

「最初はただの人気取りだろうってんで疑ってかかってた奴も多かったんですがね。いや、正直なところ、実はあっしもその口で」

お恥ずかしい、と帽子を取り、薄くなった後頭部を掻きながら、堂山は打ち明けてくれた。

「でも、病気をしたからって今のご当主に解雇された奴らも、雇い直してやったばかりか、お医者まで面倒を見て下さって。経験豊富な船乗りは貴重だ、また頑張ってくれないかって、そうお声をかけて下さったんでさ」

家督を早く継ぎたいと、忍はそう言っていた。

一年も待っていられない、どうしても協力してもらわないといけない、と。

どうしてそこまでと思っていたけれど、やはりただ北小路に復讐したいだけではなかったのだ。

忍は、堂山のような人たちの生活を、雇い人たちの幸せを守るために、奔走していたのだ。

「あのお方は、あっしらにとっちゃ神様みたいなもんですよ。早く家督を継がれることを、今は誰もが願ってまさぁね」

「そう、なんですか……」

言葉がうまく出てこなくて、雅は伏し目がちにやっとのことでそう答えた。

自分の知らないところで成長していた弟が、誇らしい。

あの時弟の道が拓《ひら》けてよかったと、本当に嬉しく思っている。

けれどどこか心の片隅で、寂しさを禁じ得ない。

どこか遠くへ、雅の手の届かない遠くへ、忍が行ってしまったような気がして。

白いレースの手袋に包まれたままの手をぎゅっと握った雅に、運転席から堂山がしみじみと語りかけてくる。

「まあ、その暁《あかつき》には、是非あなた様にも旦那を支えてもらわにゃ。やっと会えたご兄弟でしょう。たとえどんな喧嘩をしてらしたって、本心じゃあこれから先はずっと一緒にいたいって思ってらっしゃるはずですよ」

「……はい」

堂山に頷いて、雅はそっと手当されたばかりの足をさすった。

あの後、忍は雅の足を何度も丁寧に拭ってくれた。そこまでしなくてもと思ったのに、湿布を貼って、包帯まで丁寧に巻いてくれて。

ずっと、見捨てないと言ってくれた。他の馴染みとは違って誰も代わりにはなれない、弟だと。

雅にとっても、それは同じだ。

離れていてもずっと、唯一の大事な肉親だと、愛おしく思っていたのだから。

忍も、きっとそうだと信じたい。どれだけ離れていても、必ず愛していると言ってくれたくらいだ。家督を継ごうと焦る余りに、行きすぎた行動に出ているだけだと、そう思いたい。

きっと忍は今、迷子のようなものなのだ。離れていた年月は同じでも、華族の一員として未来が約束された弟を思っていた自分と、先の見えない色町で男に弄《もてあそ》ばれ続けているだろう兄を思っていた弟とでは、抱えた闇の大きさが違っても不思議はない。忍はまだ、その闇に囚われているのではないだろうか。

昏い目を、冷たい手を、思い出す。

あの思いつめたような眼差しは、祖父が兄を抱いていたという怨恨《えんこん》と、その祖父が当主にふさわしくない人間であることへの憤《いきどお》りに追いつめられているが故のものなのではないだろうか。自分でも気づかない内に手段を選ぶ余裕もなくなって、兄は自分のものだと、抱いて脅してでも協力させようと、極端な行動に出てしまっただけではないだろうか。

(僕が、手を引いてやらないと)

自分は兄なのだ。

たとえどんなに立派になったって、忍は自分の弟なのだ。

弟の手を引いて暗闇を抜けるのは、兄の役目だ。

(……忍)

心の中で、その名前を呟く。

弟が分からないと怯え、恐れていた自分を、雅は恥じた。

十年も離れていたのだから、変わってしまった面があっても当然だ。

けれど、根の部分が変わっていないからこそ、行きすぎてしまっているだけだとしたら。

優しい、兄思いの弟だからこそ、道に迷っているだけなのだとしたら。

兄として雅が忍にしてやれることは、きっとまだ残っている。

忍の道を、今度は雅が自分自身の意志で、力で、拓いてやりたい。

「ああ、お帰りなすった」

堂山が呟いて、後部座席のドアを開ける。

乗り込んできた忍は、雅には一瞥もくれないまま、堂山に車を出すよう指示した。

「桜屋へ」

「へい」

動き出した車窓に映る横顔に、雅はそっと手を伸ばした。

指先に触れた虚像は冷たく、固くて、けれどその虚像すら思い描けなかったこれまでの十年に比べたら、なんて幸せで確かなものだろうと思えた。

その冷たさが、今は愛おしかった。

柱に寄りかかって布団の上に座る忍の腹に正面から跨《また》るようにして、雅は襖《ふすま》の細い隙間に尻を向けていた。夜風に頼りなく揺れる小さな灯火に、両腕を後ろに縛られ、はだけられた緋襦袢《ひじゅばん》の上から亀甲《きっこう》の縄化粧を施された姿が浮かび上がる。

そうしてほしいと、ねだったのだ。縛って下さいと。

この、皺だらけの目が見つめる前で。

「旦那様……、もう、もう……」

あえかな声でたどたどしくねだって、雅は八の字を描くように腰をくねらせた。片手で雅の尻たぶを広げ、もう片手で後孔に通和散《つうわさん》を塗り込めながら、忍が聞き返してくる。

「もう？　もう、なんだと言うんだ、吉野？」

「ああ……、もう、そこを……」

ぬちゅぬちゅと弄られ続けている尻の孔をきゅうと縮こまらせて訴える。すっかり蕩けきっているというのに、そこにはもうずっと一本の指しか差し入れてもらっていない。物足りなくて、焦《じ》れったくて、おかしくなってしまいそうだった。

それなのに、白い仮面をつけた忍はうっすらと笑みを湛えて雅を一層追い込んでくる。

「そことは？　どこになにをしてほしいのか、きちんと言わなければ分からないだろう？」

「ああ……っ！」

鉤型《かぎ》に曲げた指で泣き所をぐぬりと抉られて、雅は身を捩《よじ》って快美に打ち震えた。

夜会に行った夜から、数日が経っていた。その間北小路は二度ほど雅のもとを訪れ、その度に忍は雅との睦《むつ》み合いを北小路に覗かせていた。効果は覿面《てきめん》で、北小路の焦りは日に日に募っており、もう何度も身請けを断るのはいつかと聞いてきている。

当初忍が目論《もくろ》んでいた、他の男の手で乱れる雅を見せつけるだけでなく、雅が仮面の男に好意を抱いていることをあからさまに態度に出すようになったからだろう。

恋しい、愛おしい旦那と淫らな遊技に耽る色子を演じるのだと、雅はあの夜から決めていた。

忍の、弟の為に。

弟を、早く闇から連れ出す為に。

「これが、欲しいんだろう？」

「あ、あ……」

目の前に突き出されたのは、ここのところ忍に使われている、木の張り型だった。滑らかで固いそれは、鰓《えら》が張り出した卑猥《ひわい》な形をしている。思わず引き絞るように後孔を窄め、んん、と息を詰めた雅の頬を、忍がその張り型でなぞってからかった。

「見ているだけで、もうたまらないんだろう？　前から垂れたのが、腹に落ちてきたぞ」

「あぁ、お、お許し、下さ……っ。あ、あぁ、んぅ……」

ずるう、と指を半分引き抜かれ、浅い部分でくちくちと抜き差しされる。てろりと濡れ光る蜜口を冷たい夜気に舐められて、雅は羞恥に身を震わせた。

身悶える雅の痴態に興奮した老人の、獣じみた不規則な呼吸が、まるで耳孔に直接吹きかけられているかのように荒く、煩く聞こえてくる。

見られている。

指では足りないと物欲しげに絡みつき、目の前のそれを突き込んでほしいと浅ましく収縮する真っ赤な肉壁を。吐き出すに吐き出せないまま重く垂れ下がり、その内側で白い蜜液を蜷局《とぐろ》のように渦巻かせている陰嚢を。

あの皺だらけの目に、見られている。

恥ずかしくて、厭《いと》わしくて――、けれど雅は、そのすべてを曝《さら》け出さなければならないのだ。

嫉妬でなにもかもを投げだしてしまいたくなるほどに、煽らなければならない。

襖の向こうの老人を、堕《お》とさなければ。

こくりと喉を鳴らして、雅は不自由な体勢のまま、うずうずと尻を上下左右に揺らして言った。

「もう、も……っ、足りな……っ」

焦れったい愛撫に腰をもじつかせ、雅は目の前の太い首筋に唇を押し当てた。熱く張りつめた肌を吸い、浮き出た喉仏に、鎖骨に、無我夢中でくちづけを繰り返す。

「もっと、もっと太いの、これ、嵌めて……っ」

膨れ上がった花茎を固い忍の腹に擦りつけ、息を切らせて、雅は目の前の張り型にねっとりと舌を這わせた。歪んだ微笑みを浮かべた忍が、更に雅を追い込んでくる。

「嵌める？　どこにだ？　どこを、どうしてほしい？」

「お尻……っ、僕の、いやらしい尻を、いっぱい……っ、いっぱい、これで……っ、苛《いじ》め、て、あっ、あああ……っ！」

淫らに叫んだ途端、狂ったように収縮を繰り返す花襞を散らすように指が引き抜かれ、ぐちゅりと張り型を突き込まれた。

「はあ、あ、んああ……」

うっとりと息を吐いて背を反らせ、男の形を模《も》したそれを深くまで受け入れて、雅は己を満たすものをじっくりと味わった。過ぎるほどに固いそれは息苦しくもあったけれど、焦らされて餓えていた体は、それ以上の歓喜を持って偽物の雄を迎え入れる。

それに――。

「あん、ん、奥まで、来てる……」

もう、我慢しなくていいのだ。

恥ずかしい、厭わしいと、抑えつけなくていいのだ。

(ああ、違う……。違う、のに)

忍の為にと、そう思っていたはずの心が淫らな色に塗り変わっていくのを、雅は立ち消えそうになる理性の狭間で必死に堪えようとした。

けれど、一度箍《たが》の外れた体は、ずるずると快楽に引きずり込まれてしまう。

「気持ち、い……っ、ああ、いい……！」

卑猥で直截《ちょくさい》な言葉を放つと、たまらない解放感に淫らな嬌声が抑えられなくなる。とろりと濡れた目で小さく喘ぎ続ける雅に、忍が仮面の下から甘く囁いてきた。

「……私にされるのが一番いいだろう、吉野？　お前は私の、私だけのものだろう？」

「は、い……っ、旦那、様の……っ、旦那様の、もの、だから、あ、あ……っ！」

「だから？　だから、なんだ？」

「ん、うん……っ、もっと、ああん、もっと、して……！」

うっすらと笑みを湛えた忍に夢中でねだると、ぬくぬくと張り型を小刻みに抜き差ししてぬかるむ媚肉を掻き回される。心地よさに小さく喘ぎ続ける雅に、忍がくっと笑みを漏らした。

「だいぶ素直になったな、吉野。……覚えておきなさい。お前のすべてを受け止めてやれるのは、私だけだ。他に代わりなんていない、いいね？」

「は、い……っ、はっ、あぁ、ん……！」

こくこくと頷く雅に、いい子だ、と囁くと、忍は確かめるように、蜜に塗れた縊路《あいろ》を張り型でぐるりとひと混ぜした。蕩けきったそこに笑みを漏らし、ずるう、とゆっくり抜いていく。

「いや、ぁあ、抜いちゃ、や……！　ひっ、くぅ……！」

抜け落ちそうになったところで、一息に突き込まれる。後孔からぶちゅっと蜜が飛び散り、雅はぶるぶると全身を震わせながら、耐えきれずに吐精した。

「ひっ、は、ああ、あ……」

ぴゅる、と零れ落ちた白濁が、忍の着流しに淫らな染みを作る。は、は、と小さく舌を出したまま息を切らせていた雅に、忍の唇が重なった。

「……そろそろ、身請けを受ける気になったか？」

「ふ、んん……」

ねろりと舌を舐められながら、腕の縛《いまし》めを解かれる。唆すように雅の唇をちろちろと舌先でくすぐって、忍が甘く囁いてきた。

「申し入れを承諾したら、すぐにでも私の屋敷に攫《さら》ってやるぞ？　鎖に繋いで、部屋から一歩も出さずに、ずっとこうして気持ちいいことをしてやる。食事も排泄も、召使いになどさせずに、すべて私がしてやろう」

常軌《じょうき》を逸《いっ》した囁きは、雅が男の狂気を恐れ、身請け話を受けることも断ることもできないでいる体《てい》を装う為のものだ。二人を覗いている老人の嫉妬を煽り、義憤《ぎふん》の念を抱かせる為にと、忍はそうしてもう何度も吉野を唆す旦那を演じている。

けれど。

「お前の髪や爪を切って、この愛らしい歯を磨いて、体中洗い流して……。そうして、すべて私のものにしてやる。お前のすべてを、愛してやる」

くちづけを受けながら囁かれる甘言に、頷きたくなってしまう。

旦那様の、忍のものにと、そう身を投げ出したくなってしまう。

吉野として断らなければならないと分かっているのに、断りたくないと、すべて愛してほしいと、思ってしまう。

「だ、め……、駄目、です……」

かろうじて残っていた理性でなんとかそう紡ぐと、忍がひっそりと笑みを漏らした。

「……そうか。ならば、こちらはどうだ？」

「ん……っ！」

抜けかけていた張り型をぐちゅりと押し込まれて、雅は息を詰める。反らした雅の顎先を、ぬろ、と舌で舐めて、忍は仮面の下から低く甘く囁いた。

「張り型は冷たいだろう？　熱い、本物の男が欲しいと言ってごらん。……私が、欲しいと」

「あ……、あ……」

欲しいと、言えば。

そう一言言えば、きっとすぐに与えてもらえる。

身請けとは関係ないのだから、この甘い囁きには頷いてもいいのだ。

灼熱の雄に征服される圧倒的なあの快楽を、目の前の男の甘《うま》みを、自分は一度味わっている。

今咥え込んでいる偽物よりずっと太くて逞しいそれは、きっともっと荒々しく花弁を散らし、押し広げて、奥の奥まで貫いて、雅を満たしてくれるだろう。

雅がどんなに乱れても、忍だけは雅を見捨てない。雅をずっと愛してくれる。

今まで寝たどんな男よりも、愛おしい――、たった一人の、弟なのだから。

「ああ……」

胸を喘がせながら、雅は静かに目を閉じた。

必死に、理性の糸に縋る。

弟だ。

他の男とは違う。もう二度と、過《あやま》ちを犯してはいけない相手だ。

欲しいなんて、欲に引きずられてはいけない。

抱かれたいなんて、思ってはいけない。

頷いては、いけない。

「旦那、様……」

そっと目を開けて、雅は忍の着流しの合わせからするりと手を差し込んだ。滑らかで厚い忍の胸は、その指先とは違って熱い。ころころと掌で忍の乳首を転がして、雅はおもむろにそこに吸いついた。

「それより、私は……、旦那様に奉仕、しとうございます」

尖らせた舌でつつくと、忍が軽く息を詰める。仮面の下の目はきつく眇められていたけれど、その唇からは悩ましげな熱い吐息が漏れていた。

雅は忍を見上げ、ゆっくりと自分の胸元に手を這わせた。緋襦袢の上から打たれた縄目の間から、小さく尖った乳首が顔を覗かせている。己の細い指でそれをひとしきり転がす内に、下腹でまた性器が兆《きざ》し始めた。

「ああ、私も、また……」

目尻を恥じらいに染め、乳首を一度きゅっと摘んでから、股の間にその手を差し入れる。まだ残滓が白く絡みついたままの花茎をちゅくちゅくと自分で扱き立てながら、雅は忍の乳首を舌先で舐めねぶった。

「ん、んぅ……」

瞬く間に溢れ出た先走りの蜜が、忍の腹にぽたぽたと零れ落ちる。先ほどの吐精と混じり合って汚れていくその着物の下は、不自然に盛り上がっていた。

雅はこくりと喉を鳴らすと、自慰の手をとめ、不意に背後を振り返った。

細い細い、襖の隙間で、皺だらけの目がぎょろりと蠢く。

その目に向けて蠱惑《こわく》的な微笑みを浮かべ、ちろりと舌で唇を湿らせて、雅はきゅうっと締めた後孔で張り型を呑み込んだまま、ゆっくりと体を下げていった。熱い胸板を、浮き出た腹筋をするりと唇で撫でて、忍の着流しの裾を割る。

下帯を解くと、むわっと湿った雄の匂いと共に、若い雄蕊《ゆうずい》がぶるりと天を指した。濃い紅色の男根は、太い茎が反り返って硬く張りつめている。張り出した先端の切れ込みに、うっすらと透明な蜜が滲んでいた。

ああ、とため息が漏れると同時に、張り型を喰《は》んだままの後孔がきゅう、ときつく窄まる。

いけないと、駄目だと思うほどに焦《こ》がれてしまいそうで、雅はそっと目を伏せて口上を述べた。

「……おしゃぶり、させて下さいませ」

顔を埋め、張りつめた熱塊にくちづけて、てろりと舌で舐め上げる。久しぶりの雄の味に、匂いに、くらりと酩酊《めいてい》したような恍惚《こうこつ》感が込み上げてきた。

じわじわと先走りの滲み始めた鈴口を舌で拭い、張り出した亀頭を、血管の浮き出た太茎を夢中で舐めしゃぶる。根元の膨らみをもちゅぷりと飴玉のように舐め回すと、忍が鬱蒼《うっそう》とした笑みを零した。

「そんなに夢中になって……。美味しいのか、吉野？」

「は、い……っ、熱くて、大きくて……、美味しい……っ」

目の前のこれをしゃぶりたくて、味わいたくて、てらてらと光る唇で太竿を深くまで咥え込む。口中で舌を絡みつかせたまま、ちゅぷちゅぷと頭を前後させ、雅は体を捻って自分の尻に手を伸ばした。ずっぷりと深くまで押し込まれたままの張り型を摑み、自らの手で動かし始める。

「ん、んんぅ……っ、んぐ……！」

ぬちゅぬちゅと小刻みに動かすと、口腔の怒張がどくりと体積を増す。かすかに塩気のある粘液をちゅるりと啜って、雅は大きく出した舌でねっとりと雄茎を舐め上げた。

「んっ、ああ、出して、飲ませて、全部……」

「ああ、いいぞ、一滴も漏らすな……！」

くっと喉奥で笑って、忍が雅の髪を掻き混ぜてくる。

熱い吐息を吐き出しながら、雅は一層激しく弟の陰茎を舐めしゃぶった。

張り型の先で後孔の泣き所をぐりぐりと抉りながら、亀頭の先を舌でくりゅくりゅと舐め回す。唇でやわやわと締めつけながら、淫らな蜜口をきゅうっと窄ませてその太さに酔いしれた。

「ん、ん……っ！」

欲しい。

熱いこれで、思いきり奥まで貫かれたい。

血の繋がりもなにもかも忘れて、獣のように交わってしまいたい。

抱かれて、しまいたい――。

「ん、……くっ、う……！」

ぶるりと腰を震わせて、忍が頂点に達する。

びゅく、と口腔で跳ねた忍の性器を、雅は唇でちゅうちゅうと小刻みに締めつけて、更なる射精を促した。じゅるる、と漏らさぬように精液を啜って、こくりと飲み込む。唇の端に滲んだそれまでをも、雅は舌を伸ばして舐め取った。

「ん、……ん、ああ……」

とろりと蕩けた表情で鈴口を舌で拭った雅の下肢から、ぬるりと張り型が抜け出る。薄い腹に散った白濁が、柔肌を縛める縄に絡みつき、涙の形に膨れて重く垂れ下がった。

ゆらゆらと揺れる蠟燭《ろうそく》に照らされた逐情《ちくじょう》の証は、まるで雅を嘲笑うかのように、ぽたりと音を立てて滴《したた》り落ちていった。


吉野、と焦った嗄《しゃが》れた声で呼ばれて、雅は足を止めた。大門まであと少しの、朱塗りの太鼓橋の上だった。

「あの男の身請け、本当に断るんじゃろうな?」

血走った目でそう聞く老人から、ゆっくりと首を巡らせて目を伏せる。欄干《らんかん》に手をかけると、水のない川にひらひらと桜の花びらが落ちるのが見えた。

狂乱の後、薄い青緑色の地に、緑や黄、藤色の細紐がたなびく振袖に着替えた雅は、常のように北小路を見送りに出た。少し呼吸が苦しげなのは気にかかったが、手は貸さない。

あの皺だらけの手に、触れたくなかった。

地に落ちた花びらを見つめながら、口を開く。この老人とまともに話をするのも、億劫《おっくう》だった。

「どうしたらいいか……、もう私には、分からないのです」

「な……」

目を瞠った北小路が、ごほごほと咳き込む。じっとそれを見つめて、雅は欄干に置いた手をぎゅっと握り込んだ。

抱かれたいと、はっきりそう思ってしまった自分に、動揺が抑えきれなかった。

焦っているのだろう忍に、早く北小路の跡を継がせて安心させてやりたい、それだけのはずだった。その為に積極的に秘め事に興じていたはずなのに、北小路を煽れば煽るほど、自分も欲に流されそうになってしまう。

抱かれることだけはと、そう頑なに守ろうとしていた線引きが、危うくなってしまっている。弟だから駄目だと、そう思っていたはずなのに、弟だから自分がどれだけ乱れても許してくれるのではないかと、いつの間にか思い始めている。どんな兄でも見捨てないと、その忍の言葉に甘えてはいけないはずなのに。

身請けの話にしても、お芝居だと分かっているのに、まるで知らない男のような声で唆され、追い込まれると、すべてを愛してもらえるのならと、そう頷きそうになってしまう。

駄目だと、拒まなければと理性ではそう思うのに、肌を重ねれば重ねるほど、身に染みついた淫欲が狂おしく燃え上がり、叫び出してしまいそうになるのだ。

欲しいと。身の内に熱を、弟を、感じたいと。

ぶるりと体を震わせて、雅は深い奥底で燻《くす》ぶる、埋《うず》み火のようなその疼きから目を背けた。

ぐっと泣き出しそうに眉を寄せて、強ばった手を欄干から下ろす。

「今日はこちらで、……失礼致します」

一礼して、踵を返そうとする。しかしその時、雅の袖を、北小路の皺だらけの手が摑んできた。

「ま、……待て！　待ってくれ、吉野……！」

「……お離し下さい」

必死の形相の老人から目を逸らし、唇を一文字に引き結ぶ。かっと目を剝《む》いた老人が、ぶるぶると肩を震わせながら声を荒らげた。

「いいや、離さぬ……！　あの男はどういう男なのだ⁉　よもやお前、あんな若造に誑《たぶら》かされ、あのような異常な申し出を受けるとでも言うのか……⁉」

「……中瀬様」

「儂《わし》ほど……っ、儂ほどお前を可愛がってきた馴染みは、他におらぬだろう!?」

怒りにひっくり返った不様《ぶざま》な声で、北小路がそう言い募る。お離し下さい、ともう一度繰り返そうとして、雅は思いとどまった。

忍の目論見通り、北小路は嫉妬を煽られている。このままうまく筋書きを進められれば、己の獣のような情欲に打ち負かされる前に、事を運ぶことができるかもしれない。

それは、忍の望みとも重なるはずだ。

「……確かに、中瀬様は私にとって、第一のお馴染み様です」

目を伏せ、睫《まつげ》に憂いを滲ませて、雅は悩ましげなため息をついてみせた。

「けれど、私ももう、薹《とう》の立つ身です。身請け話など、これで最後かもしれないかと思うと……」

「そ、そのようなことはない！　決して最後などでは……！」

「……どうして、そう仰るのです？」

「それは……！」

あと一年で自分が雅を身請けしようと思っている、とまでは打ち明けられないのだろう。詳しく事情を話せば正体が露見してしまうかもしれないと、慎重に言葉を探している様子の北小路を、雅はひたと見据えた。

「……私とて、たった一人を大事に想って、今までずっと色を売り続けてきました」

その言葉に、偽りはない。誤解するように言葉を弄《ろう》したけれど、思いは本物だった。

「もう十年も経ちましたが……、今も、この想いは深くなるばかりです」

自分の身を売ってまで、守りたいと願った弟だった。

引き離され、ずっと会えずにいた間も、唯一の心の拠《よ》り所で。

やっと再会を果たしたけれど、復讐の為に手を貸せと脅され、抱かれてしまった。

それでも、なにかしてやりたかった。

なんでも、してやりたかった。

「愛しているのです。……心から」

弟として、と付け加えた胸の内が痛む。

本心からそう思っているはずなのに、自分たちが兄弟であることが重い枷《かせ》のようにのし掛かってくるような気がするのは、境界線ぎりぎりの行為を重ねているからだろうか。

抱かれたいと、淫欲に負けてしまいそうになっている己に、兄として良心の呵《か》責《しゃく》を覚えているからだろうか。

「おお、……おお……！」

感動に打ち震え、縋りつくように手を伸ばしてくる北小路から、雅は一歩後ずさった。

「……今は、この手をお預けする訳には参りません」

戸惑って伏し目がちに流した視線は、まるで雅自身もそのことを憂えているように見えたのかもしれない。

頷いた北小路の目からは凶暴な光が消え、その顔にはまるで実の孫を慈しむかのような愛情が浮かんでいた。

「ああ、……ああ、分かった。分かったとも」

何度もそう呟き、欄干に皺だらけの手をかける。

「義理堅いお前のこと、正式な申し込みもせずに儂のものになると約束などしてはくれまい。明日にでも隠遁《いんとん》先を決めて、お前を迎えに来よう」

「……隠遁、なさるのですか？」

軽く目を見開いて、雅は聞き返した。決定的な一言に思わず緊張に強ばりそうになる顔を、悟られまいと必死に押し隠す。

雅の内心に気づいた様子はなく、北小路は重々しく頷いた。

「元より決めておったのだ。いずれはお前を身請けして、田舎で暮らそうと。なに、家督ならば跡継ぎがおる。譲るにはまだちと早いが……、まあ、お前を手に入れる為ならば些末《さまつ》なことじゃ」

待ち望んでいた言葉が、するすると北小路の唇から漏れ出ていく。

これで、よかったのだと、そう思った。

雅にとっても、忍にとっても、望ましい結末を迎えられるはずだと。

それだけではない。当主が代われば、堂山を始めとする雇われ人たちもきっと安心して働けるようになるだろう。北小路にしても、雅が忍から真相を聞いたと知れば、己の所行を悔やむはずだ。忍の怒りがどれほど続くか分からないが、血の繋がった祖父のことを許すよう、雅が仲を取り持つこともできるかもしれない。

そして自分たちは、十年前に戻れる。

ありふれた、ただの兄弟に。

「……っ」

どくん、と心臓が痛いほどに跳ね上がって、雅は思わず拳で胸元を押さえた。

喜ばしい、ことなのに。

望んでいたことなのに。

どうしてか、胸が、痛い。

体の奥底からせり上がってきたなにかに、まるで心そのものを刺し貫かれたようで――。

「吉野、だから、お前も……」

北小路から縋るような目を向けられて、雅ははっと我に返った。確かな約束を求めるかのような視線に思わず一歩後ずさって、慌てて一礼する。

「……今宵は、これで。明日、またお待ちしております」

踵を返して、橋を戻る。若衆がささげ持つ提灯《ちょうちん》がゆらゆら揺れて、花びらの散った道をぼんやりと照らしていた。

数多《あまた》の人に踏まれ、汚泥にまみれてひしゃげた花びらは、もう二度ともとには戻れない。

染みついた汚れは、傷跡は、必ず一生ついて回る。

忍の行きすぎた行動を責める気持ちはなくても、自分には数多の男に身を委ねてきたという過去がある。どんなに願っても、打ち消せないものが。

それを背負って生きていかなければならないと分かっているから、弟との未来を思うだけで、こんなにも胸が痛いのだろうか。

こんなにも、苦しいのだろうか。

そっと提灯の灯りから少し距離を取って、雅は暗闇に紛れるようにしながら歩を進めた。

いつまでも自分の背を追いかけてくる視線が、厭わしかった。

雅のなにもかもを知りながら、なにも知らない、その視線が。

皺だらけの、あの目が。


雅が見世に帰ると、ちょうど忍が帰ろうとしているところだった。青鈍《あおにび》の背広に着替え、上がり框《かまち》に腰かけた忍に、椿《つばき》が中折帽とステッキを渡している。

「あ、吉野。ちょうどお座敷がちょっと空いたから、代わりに見送ろうかと思ってさ」

話しかけてきた椿の声が、ひどく遠くに聞こえる。

ただ、忍だけがはっきりと見えた。

帰ろうとしている、その姿だけが。

(……言わなきゃ)

北小路が、家督を忍に譲ると、明日にでも雅を身請けすると言っていたと。

弟が家督を継げば、堂山たちも安心して暮らせる。

忍も、喜ぶだろう。今までの行きすぎた行為を省《かえり》みる余裕だって、きっと取り戻してくれる。

復讐は終わったのだから、もう二度とあんな、兄弟の境界線すれすれの行為をしなくて済む。

自分たちは、ただの兄弟に戻れる——。

「……ちょっと、吉野?」

「え……?」

声をかけられて顔を上げると、心配そうに椿が見つめてきていた。

「大丈夫? すごく顔色が悪いけど……」

「あ……、う、うん。大丈、……っ」

大丈夫、と皆までを言う前に、視界が揺れた。ぐらりと傾いだ体を、素早く立ち上がった忍に支えられる。

「ご、ごめ……っ」

「いいから、黙って」

眉を顰めた忍が、有無を言わせず雅の腿を正面から抱え上げ、そのまま廊下に上がる。

「あ、わ……っ」

「君、悪いがそれ、頼む」

両腕で雅を抱き上げた忍は、上がり框に放り出した帽子やステッキ等を椿に頼むと、すたすたとそのまま廊下を進み出した。

「ちょっと、あの……!」

「部屋まで連れていくだけだ」

慌てて追い縋った椿に、忍は端的にそれだけを告げる。

「あ、の……。お、下ろし……」

どうにか口を挟もうとした雅だったが、忍は下ろす訳ないでしょうと叱りつけてきた。

「具合が悪いなら、どうして見送りになんか出たんです」

もう一歩も歩かせませんからと語気を強めて、早足で雅の部屋まで進む。

開けて、と言われて、雅は忍に抱えられたまま、のろのろと襖を開けた。部屋の奥から、ぴんと耳を立てた偲が駆けてくる。

「偲……」

「ちょっと、そこで待っていて下さい。今布団を敷いて……」

「あの、も、もう平気！　平気だから……！」

座布団の上に下ろされた雅がなんとかそう訴えると、忍は押し入れを開けようとしていた手をとめて戻ってきた。

「本当ですか？　無理してない？」

額に手を当てたり、目を覗き込んだりしてくる。大丈夫、ともう一度繰り返した雅だったが、そこで二人の間に、するりと偲が割り込んできた。ごろごろと、忍の足元に額を擦りつけ始める。

「ああ、こんばんは、お嬢さん」

目を細めた忍がその場に胡坐《あぐら》をかくと、偲は待ち構えていたようにぴょんと膝に、続いて肩に飛び乗った。耳元をさりさり舐めて、ぐるぐるとご満悦な喉音を立てている。

「随分人懐っこい猫ですね。……ああ、兄さんがそれだけ可愛がっているのか」

いいね、お前は、と微笑んだ忍は、ふと思い出したように背広の内ポケットを探り出した。

「そういえば、この子にと思って取っておいたんですが」

するりと指先に挟んで取り出したのは、桜色の綺麗なリボンだった。肩に乗っている偲を片手でひょいっと抱いた忍は、組んだ膝の上に偲を下ろして、雅に聞いてくる。

「兄さん、鈴はありますか？」

「あ……、う、うん」

声をかけられて、雅は文机の引き出しから小さな鈴を取り出した。

「こないだ、この子が手鞠を壊して……」

「おや、案外お転婆《てんば》ですね」

真っ白な偲の喉元をくすぐった忍が、リボンに鈴を通して、首輪代わりにするりと結びつける。首の後ろで大きな蝶々結びがひらひら揺れるのが気になるのか、忍の手から離れた子猫は後脚でしきりに首元を掻いた。ちりちりと、付けられたばかりの鈴が鳴る。

「……よかったね、偲」

雅が宥めるように鼻先を指の背で撫でてやると、みう、と鳴いた偲が小さな舌でさりさりと舐めてきた。目を細めた雅に、忍が手を伸ばしてくる。

「本当に、大丈夫なんですね？」

自分が偲にしたように指の背で頬を撫でられて、雅は視線を泳がせながら頷いた。

「うん……、ごめん、こんなところまで運んでもらって」

冷たい指に優しく撫でられると、落ち着かない気分になる。

忍には心配をかけてしまったけれど、込み入った話をしなければならないのだから、自分の部屋に来てもらえて、かえってよかったのかもしれない。

伝えなければならない。

明日にはもう、すべての決着がつくと。

北小路のことをすぐに許すことは難しいかもしれないけれど、こんなにも早く家督を奪うことができたのだから、必要以上に責めることはやめないかと。

そうして、自分たちが本来あるべき関係に戻れることを、一緒に喜ばなければならない。

自分たちは、兄弟なのだから。

(……嫌だ)

込み上げてきた感情に唇が歪みそうになって、雅は慌てて俯いた。

どうして、と責めるように思う。

大事な弟だと、確かにそう思っているのに、兄弟であることが重くて、辛くて。

兄弟でなければ、こんなにも大切には思わなかった。けれど、どんなに大切に思っても、兄弟の境界は越えてはいけない。忍を弟以上に思っては、いけない。

(……僕は、逃げたんだ)

己の臆病さに、卑怯さに気づいて、雅はぎゅっと眉を寄せた。

逃げたのだ。

兄弟の禁を犯そうとする、淫らな自分から。

情欲を言い訳に、弟に惹《ひ》かれていることから目を背け続けている自分から。

ああ、と罪悪に苛《さいな》まれながら、雅はそれを認めた。

確かに、自分は淫らな性《さが》かもしれない。けれど、淫らだから、弟に抱かれたいと思ってしまった訳ではない。どんなに淫乱だとしても、弟が大切であれば、そんな罪深い欲は持たない。

惹かれてしまったのだ。

弟としてではなく、忍を愛してしまったから、抱かれたいと思ってしまったのだ。

けれど、兄として、そんな自分を認めたくなかった。弟を慈しみ、導いてやる兄でいたかったからこそ、北小路を追い込み、自らの退路を断ってしまった。

体が裏切る前に、あるべき形に、ただの兄弟に戻ろうと、そう思って。

心はもう、忍を、自分を、裏切っていたのに。

「ああ、まだ、あったんですね」

「え……」

不意に聞こえてきた忍の声に、顔を上げる。と、忍は懐かしそうに部屋の片隅を見ていた。

視線の先には、練習用の琴があった。

「あれ、兄さんがずっと使っていた琴でしょう？　火事で焼けなかったんですか？」

「あ……、ちょうど練習中で……。持って、逃げたから」

覚えていてくれたのかと、それだけで嬉しく思うのは、兄の心だろうか。それとも、弟を恋う心だろうか。

（……いけない）

弟だからこそ、雅を見捨てないと、忍はそう言ってくれたのだ。どんなに離れていても、愛してくれると。

その弟に、好きだなんてどの口で言えるだろう。抱いてほしいなどと、どうして望めるだろう。

「忍、あの……」

兄として、北小路のことをきちんと伝えなければと、そう口を開いた瞬間、忍が雅の後ろからそっと腕を回してきた。

「……兄さん」

「あ……」

すっぽりと抱き竦められ、ふわりと清涼な香りが漂う。

弟の、忍の匂いだった。

「……琴を」

ぽつりと、忍が切り出す。振り返るとそこには、眦《まなじり》を少し下げた、優しい微笑みがあった。

「兄さんの気分がもういいなら、琴を聞かせてもらえませんか？」

あの頃のように、と低い声がそう紡ぐ。

「……うん」

こくりと頷いて、雅はごろごろと傍らで丸くなった偲の背をそっと撫でた。

言えなかった。

少年の頃とは違う、けれど確かに兄を気遣う弟の優しさが零れるような、穏やかなこの笑みの前で、明日からはもうただの兄弟に戻れるのだと、どうしてもその言葉が出てこなかった。

好きだからこそ。

戻りたくないからこそ。

(明日には、もう復讐なんてしなくていいって言うから。……だから……)

狡《ずる》い自分に気づいていながらも、雅は琴を爪弾いた。

忍は、弟だ。

どんなことがあっても、それは覆《くつがえ》らない。

だからこそ忍は、弟として兄の雅を見限ることはないと言ってくれたと、分かっている。それだけは裏切ってはいけないと、雅が兄弟以上の気持ちを持ってしまったことを忍に知られてはいけないと、分かっている。知られたら、兄と認めてもらえなくなるだろうことも。

弟として大切で、恋しいから離れ難くて、だからこそ、想いも、終焉《しゅうえん》も伝えられない。

琴の音が、月明かりに響く。

その澄んだ音色だけは、十年前と変わらなかった。

変えては、いけなかった。

さり、と額を舐める小さな舌に、目が覚めた。みぅ、と鳴いた子猫が、雅の前髪にちょいちょいと前脚でちょっかいを出してくる。やわらかな朝陽の中、まだ微睡《まどろ》みながら手を伸ばしかけて、雅は自分が男の腕の中にいることに気づいた。

薄い緋襦袢だけを纏った雅の体を、シャツを着た腕が後ろから包み込むように抱きしめている。

「しのぶ……？」

呼びかけると、背後でううん、とむずがるような応えがあった。

そっと体を反転させると、目の前に浮き出た喉仏と削げた顎が見える。見上げると、まだ眠りの中にある弟の顔がそこにあった。かすかに開いた唇から、規則正しい寝息が聞こえてくる。

不意に、泣きたくなった。

この幸せがいつまでも続けばいいのに、と思って。

忍の腕の中を、幸せと感じている自分に気づいて。

ああ、と小さく息をついて、雅はそっと指先を忍の頬に伸ばした。さらりと、肌を撫でる。

夜は明けた。

もう、こんな触れ方をしてはいけない。

けれど、今だけは。

弟がまだ眠りの中にある、今だけは——。

けれどその時、ちりんと鈴の音が耳に届いた。

ととと、と小さな足音を立てて、偲が雅の頭上を駆けていく。

「偲……？」

呼びかけた雅にふわんと尻尾を揺らして、忍の方に寄っていく。ふみっと忍の額に前脚をかけた偲は、そのまま忍の顔によじ登り出した。

「んー……」

さすがに呻いた忍が、ぱちりと目を開ける。雅は慌てて手を引いた。

「あ、お、……おはよう」

どぎまぎとそう挨拶した雅に、忍はふわりとやわらかく微笑みかけてきた。

「ああ……、おはようございます、兄さん。……ふふ、くすぐったい」

感触で偲と分かるのだろう。くすくすと笑った忍の顔にちゃっかり乗り上がった偲が、ごろごろと喉を鳴らして頭を擦りつけている。下ろそうと伸ばした忍の手を、ぱしりと尻尾ではたく姿に、雅も思わず微笑みを漏らした。

きっとこれから先もずっと、自分たちはこうして穏やかな笑みを交わし合えるだろう。

その幸せに、ずきりと胸が痛むようで、雅はそっと視線を逸らした。

血の繋がった、弟だ。もう二度と、失いたくはない。

だからこそ、この恋情はこの先ずっと、隠し続けなければならない。

自分は忍の兄なのだから、すべてが忍の目論見通りにいったのだと、伝えなければならない。

北小路への復讐は、行きすぎたあの淫らな行為は、もう終わったのだと。

「……偲、ほら、下りて」

雅が手を伸ばすと、うにゃんと鳴いた偲がちりんと鈴を鳴らし、自分からとっと布団に下りる。

雅が上半身を起こして、忍に話を切り出そうとしたその時、廊下から声がかかった。

「吉野、起きているかい？」

「天地《あまち》、さん？」

「入っても？」

楼主の声に戸惑う雅より早く、身を起こした忍が答える。

「どうぞ」

「あ、しの……！」

目配せされて雅が口を噤むのと、天地が襖を開けるのは殆ど同時だった。まだ半分布団の中にいる雅とその傍らの忍を見て、目を軽く瞠る。

しかし天地は、すっとすぐに顔を強ばらせて雅に聞いてきた。

「……吉野、こちらにお泊めしたのかい？」

「あ……、……はい」

普通色子は、別棟の座敷で一夜を過ごすことはあっても、客を自室に泊めることなどまずない。

天地が驚くのも無理はなかった。

どう説明しよう、琴を弾いているうちになんとなくとも言いにくいけれど、とまごつきながら布団から這い出た雅だったが、雅より早く布団の上に座した忍は、しれっと天地に言った。

「私がこちらに泊めてくれと頼んだんです。勝手をしてすみません。……それで、なにか？」

緩めていた襟元と手首の釦《ボタン》をきちんと留め直し、さっと身なりを整える忍に倣い、雅も襦袢の合わせを直して正座した。

二人を見比べるように視線を動かした天地が、ため息をつく。何故だか苛立ったように眉を寄せた天地に、雅は違和感を覚えた。

確かに客を自室に泊めるなんて、あまり褒められたことではない。けれど、客前だというのに苛立ちを隠さないなんて、あまりにも天地らしくない。

「天地さん……？」

おずおずと窺い見た雅に、天地はもう一度深く息を吐き出し、厳しい顔つきで切り出してきた。

「二人が揃っていて、かえってよかったのかもしれない。聞きたいことがあるんだが、いいかい？」

「は、はい……」

わざわざ前置きされたことに戸惑いつつも頷くと、天地はじっと雅を見据え、確信を持った声で聞いてきた。

「……この男の正体を、お前は承知だね？　十年前に離ればなれになった弟、なんだろう？」

「え……」

雅がぎくりと身を強ばらせると同時に、忍もまた肩をぴくりと揺らす。

「あ、の……、あの……っ」

焦って、とにかくどうにか誤魔化《ごまか》さなくてはと唇を震わせた雅だったが、それは忍の硬い声音に遮られた。

「……どこまで知っているんです？」

見ると、忍はひたと天地に視線を注いでいた。険しい顔つきの忍を、天地が睨むように見返す。

「全部、ですよ。……北小路『雅』、様」

「……みや、び？」

天地のその一言に、雅は目を瞠った。

弟だと、知られた。

実の弟と、北小路の前で淫らな行為をしていたと、知られてしまった。

そのことでいっぱいだった頭が、更に混乱し始める。

「違います、天地さん……。雅は僕で……。お、弟は、忍です」

十年前に離れた弟の名前を、天地は知っているはずだ。

だって、雅が話したのだから。

偲を飼いたいと話した時だって、天地はすぐにそれが弟の名だと気づいたのだから。

しかし天地は、雅の指摘にゆっくり首を横に振った。

「……違うんだよ、吉野。お前の弟はこの十年、お前の名前を騙《かた》っていたんだ」

「か、騙、る？　騙るって……？」

訳が分からなくて、目眩《めまい》がしそうで、雅は斜め前に座る弟を縋るように見やった。

忍は微動だにせず、ただ前を見つめていた。その目は夜の底のように冷えきり、闇よりなお昏い色をしていた。

「忍……？」

雅が呼んでも、もう応えはない。

眉ひとつ動かさない弟に、雅はかける言葉を失った。

天地が、静かに口を開く。

「……お前が初対面の相手からの身請けを保留にしたのが、どうにも解《げ》せなくてね。それに、勤めの最中に中瀬様を呼び出すような真似をされたのに、それでもやはり身請けを断らなかっただろう？　……気になって、調べたんだ」

「調べた、って……。忍のこと、ですか？」

「ああ。調べる内、中瀬様の正体も分かった。北小路の当主は私も面識がなかったから、ずっと気がつかなかったが……。……お前も、そこまでは聞いているのだろう？」

頷いて、雅は夜会でマダムが言っていたことを思い出す。確か、北小路は滅多に人前に顔を出さないと言っていた。遊郭の楼主として顔が広い天地だが、人嫌いであった北小路が中瀬という老人に繋がらないのは、仕方のないことだった。

けれど、今聞きたいのはあの老人のことではない。

雅が目で訴えているのが分かったのだろう。これを、と天地が古い冊子のようなものを差し出す。和綴じのそれは、どうやら帳簿らしかった。

「先代の楼主は、私の友人の母でね。頼んで、蔵を開けてもらった。どうやら、火事で前の桜屋が焼ける直前までつけていた、いわゆる裏帳簿らしい」

天地が、指先で一文を指す。

「ここに、書かれている。北小路雅、身請け代、と」

「僕……?」

自分の名前が北小路という姓になっていることに驚きながら、雅は示された箇所に視線を走らせる。確かに、雅と書かれていた。

「どうして……」

声を震わせた雅だったが、その時部屋の片隅から、ちりんと鈴の音が聞こえてきた。はっと見やると、とととと、と部屋を横切った偲が、座したままの忍の傍らでころりと横になる。すっと指先を伸ばした忍が、その真っ白な腹をくすぐってやりながら口を開いた。

「……俺が、兄として引き取られたからです」

ちりりん、と鈴が鳴る。子猫は無邪気に、自分と同じ名前の男の指にじゃれついていた。

「十年前から、俺は雅と呼ばれて生きてきました。……華族の血が流れているのは、本当は俺じゃない。兄さん、……あなたです」

じっと、感情の浮かばない目で見つめられて、雅はたじろいだ。

「僕、が……？　じゃ、じゃあ、本当は、あの、中瀬様は……」

耳の奥で、ごうごうと嵐のような風音が聞こえた気がした。

ひゅう、と喉が鳴る。血の気を失いつつある手が、全身が、ぶるぶると恐怖に震えた。

「……僕の、本当の、……祖父、だった……？」

「……兄さん」

「忍のじゃなく、……僕の……？」

焦点の合わない目でかちかちと歯を鳴らす雅に、忍が躊躇《ためら》いがちに手を伸ばしてくる。けれどそれは、雅の前に割って入った人影に阻まれた。

天地だった。

「十年も騙しておいて、自分にまだ、この子を兄と呼ぶ資格があるとでも？」

雅を背に隠すように忍に相対して、天地が厳しく糾弾《きゅうだん》する。

「大方自分が色町から逃げ出す為に、先代の楼主と共謀《きょうぼう》して、自分が兄の雅だと偽ったんだろう？　中瀬様も、ずっとそうして騙してきたのか？」

「……それは」

言いかけて、忍が黙り込む。

天地の背に遮られて見えない弟は、それ以上天地の言葉を否定しなかった。

呆然としたまま、雅は夜会の時に忍が自分を雅でなく、吉野と呼んでいたことを思い出した。

あの時は清水がいたから、本名でなく吉野と呼ばれたのかとも思った。けれどあれは、あの場にいた人たちには、忍は雅という名前で通っているからだったのだ。

本当に、忍は今まで兄の、雅の名を騙っていたのだ。

天地が語気を強める。

「今更吉野に会いに来たのは、一体なにが目的だったんだ？　兄に真実を話すでもなく、仮面をつけてこそこそと中瀬様を呼び出して、一体なにをしようとしていた？」

「……あなたには、関係ありません」

頑なな忍の声が聞こえる。雅は混乱した頭のまま、小さく呟いた。

「……嫉妬を、煽るって」

頼りなく、細い声が揺れる。

「ふ、復讐、しようって。……そう、言われて。家督を奪おうって……」

「……金目的か」

は、と蔑《さげす》むように天地が笑う。息を詰めた忍がなにか言うより早く、天地は鋭い声で続けた。

「十年前は兄を見捨てて逃げ、今度はその兄を騙したまま、地位や金の為に中瀬様をも陥れようとしていたのか。……たいした弟だな」

「……あなたに、なにが分かるんです」

忍が低く唸る。怒りの滲んだその声に、雅ははっと我に返り、慌てて天地の背後から這い出ようとした。

「い、いいんです、天地さん。忍がどんなつもりでも……」

身を乗り出しかけた雅を、吉野、と天地が腕で制す。その腕にしがみついて、雅は必死に目の前の弟を見つめ続けた。

「たとえお金が目的だったとしても、忍が僕を助けようとしてくれたことに変わりないんだから。十年前のことだって、忍がそうしてくれて、むしろよかった」

自分が辿ってきたこの十年を振り返ってみれば、尚更そう思う。

弟一人を遊郭に残すようなことにならなくて、よかった。

自分だけが華族に引き取られたりしていたら、きっと雅は一生そのことを悔やんだだろう。

「だって、兄弟なんです。僕は忍の兄なんだから、……だから、なにをしてでも、忍を守ってやりたい。利用されたっていい。それが、忍の為になるなら」

兄としてできることに縋っていたかった。

今までも、ずっとそう思って身を売ってきた。

けれど、自分が兄弟以上に忍を想ってしまった今、雅にとってそれはせめてもの罪滅ぼしで、なにを置いても譲れない感情だった。

「……忍」

じっとこちらを見つめ返す弟に、微笑みかける。

「分かってるから。お金だけが目的だったんじゃないよね？　忍は堂山さんたちの為に、あんなに焦っていたんだよね？」

忍が禁忌を犯してしまったのは、雇い人たちの為に焦っていたからだ。祖父への対抗心に追いつめられて、過ぎた行動に出てしまっただけなのだ。

それに、一年も待てないと、これ以上兄さんを弄ばれたくないと、そう言ってくれていた。体調が悪いと聞いただけで心配してくれて、自分の些細な願いを、無理を押して叶えようとしてくれた。こんな兄でもまだ慕ってくれているのだと、そう信じていた。

信じることで、兄であることに縋っていたかった。

「きっと、僕の為になるとも思ったんだよね？　だからこそ、僕が復讐に反対するのが許せなくて……。でも、それでも兄弟だから、あんなに気遣ってくれたり、外に連れ出してくれて……」

「……兄さん」

自分自身に言い聞かせるように、必死にそう言い募る雅を、忍が遮る。

こちらを見つめるその目には、昏い、昏い闇が広がっていた。

まるで、雅を呑み込み、囚《とら》えるかのような、深い闇が。

「……兄さんは」

唇が、歪む。

低く甘い声が、詠うように続けた。

「本当に、……憎らしい」

「し、のぶ……？」

「なにも分かっていないくせに、兄弟だから許すって、そう言うんですね。……俺を、信じてもいないくせに」

深く傷ついたように、忍が眉根を寄せる。その言葉に、雅は頭を重い鈍器で殴られたような衝撃を覚えた。

分かろうと、していたつもりだった。

信じようと、だからこそ許そうと、庇おうと、そう思って。

「し、信じて、るよ。信じてるから、だから……っ」

「なにを、信じているんです？」

冷然と雅を遮って、忍が聞き返してくる。その唇には、うっすらと笑みが浮かんでいた。

「十年前、兄さんを見捨てて、俺が一人で逃げたって、そう信じてるって言うんですか？　家督を継ぐのが目的で、兄さんを利用したと？」

「そ、れは……、だって……」

「兄さんに、そんなに情が薄い人間だと思われていただなんて、残念です。俺はずっと、いつだって兄さんのことしか考えていないのに」

忍が、その視線で雅を搦め捕るように目を細める。小さく息を呑んだ雅は、どういう意味かと問おうとしたが、それより早く、天地にぐっと腕で押し戻された。

「惑わせるようなことを言って、同情を引こうとしたって無駄だよ。現にこの十年、兄の名前を騙っていたことは間違いないんだから」

「天地さん、でも……！」

「利用されてもいいって、そう言うけれどね、吉野。この男は、お前のその優しさにつけ込んでいるんだよ。お前を本当に兄として慕っているなら、こんなこと、再会してすぐ打ち明けるべき話じゃないか」

鋭く天地にそう指摘されて、雅は返す言葉がなくなってしまう。

忍の口ぶりからは、なにか已《や》むに已まれぬ事情があったようにも思える。けれど、天地の言うことも尤《もっと》もだ。

忍は何故、北小路が雅の実の祖父であるということを隠し続けたのか。

隠す必要があるとしたら、それは――。

「……実の祖父だと知ったら、僕が復讐に手を貸さないかもしれないから？」

ぎゅっと、天地の腕を強く摑んで、雅は呆然とその疑念を口にした。

「本当のことを知ったら、僕が後継ぎだと名乗り出るかもしれないから？　……だから、嘘をついたの？　そんな……、そんなこと、ないよね？」

は、と乾いた笑いが自分の唇の端に浮かぶのを、雅はどこか遠くに感じていた。

「言ってよ、忍。……そんなことないって」

震える声を押し出して、雅は目の前の弟を見つめ続けた。

触れられる距離にあってなお、遠く思えた。

離れていた十年間よりも、ずっと。

「忍……！」

はらりとひとひら、花びらが散った。

緋襦袢の膝の上に落ち、じわりと溶けて染み込んでいくそれは、雅の涙だった。

じっと雅を見つめ返し続けていた忍が、ゆっくりと立ち上がる。青鈍の背広に袖を通した忍は、重くため息をつきながら、口を開いた。

「今、俺がなにを言っても兄さんは信じないでしょう？　いいですよ。なにを信じるも、兄さんの自由ですから。……でも、これだけは忘れないで下さい」

襟を正した忍は、ふっと眦を下げて微笑みを浮かべた。

「俺は、兄さんの為だけを思ってます。……いつだって」

「忍……？」

戸惑った雅から、忍がすっと視線を外す。まるで感情の乗らない、平淡な声で、忍は天地に問いかけた。

「それで、兄の借金は帳消しになるんですよね？」

「ああ、もちろん。身請けの話などなかったことにさせてもらう。吉野は、……雅はもう、好きな場所で、好きなように生きることができるんだから」

「……でしたらもう、なにも言うことはありません」

ごく穏やかにそう頷いた忍が踵を返すのを見て、雅は目を瞠った。

「ま……っ、待って！　忍……っ！」

今、行かせてはいけないと、そう思った。

だってこんな別れ方をしたら、もう、本当に会えなくなってしまう。

もう、二度と。

「忍……っ」

追い縋ろうとした雅を、天地が強く引き止めた。けれど、まるで雅の代わりにとでも言わんばかりに、ちりんと鈴の音を響かせた偲が、忍の後を追う。

その音に、忍が振り返った。

光のない目で雅をじっと見据えて、唇を開く。

「……兄さん」

忍が、目を細める。

本当に欲しいものを、一番奪いたかったものを、せめて自分の記憶の中に閉じ込めるかのような目で、忍は続けた。

「……俺を、憎んで下さい」

微笑んで、乞うようにそう言う。

まるで、正反対のなにかを、願うように。

早足で去る忍に、ととと、と偲が追い縋る。けれど、偲が追いつく前に、すっと襖は閉められてしまった。

待って、とその声がどうしても唇から出てきてくれなくて、雅はしのぶ、と心の中だけでその名前を呼んだ。

ぴくん、と耳を立てた子猫が、ちりり、と桜色のリボンを揺らして雅のもとへと戻ってくる。

なぁに、と言いたげに顔を覗き込んでくる偲に、雅は微笑んだ。

この子には聞こえたのだと、そう思った。

弟には届かなかった、声が。

「あ……」

畳にへたり込んだ雅の膝に、偲が飛び乗る。小さな舌で懸命に頬を舐められて初めて、雅はそこが濡れていることを知った。手で拭おうとした雅の目の前に、綺麗なハンカチが差し出される。

天地が、小さくため息をついて言った。

「まさか、あの男が弟とはね」

「……すみません、黙っていて……」

「いや、私もお前が厄介なことに巻き込まれていると気づくのが遅れた。どころか、十年もあのご老人の正体に気づかなかったせいで、こんなにお前を苦しめて……」

楼主失格だ、と肩を落とす。

苦しいのは北小路のことよりも、忍がなにも弁解してくれなかったことだとは言えず、雅は黙ってハンカチで頬を拭った。

実の祖父と関係を持っていたなんて、信じたくはない。けれど、忍が雅として引き取られていた事実がある以上、北小路は雅のことを弟だと、忍だと思っていたはずだ。北小路もまた、雅が実の孫と知らなかったのだ。

心に残った爪跡は大きいけれど、双方がそうと知らずに犯した過ちだ。時間をかければ、きっと仕方がないと思える。そう思う他、ない。

だが、誰よりも理解してやりたかった弟からなにも分かっていないと言われたまま、決定的な亀裂が入ってしまったことは、もう修復のしようがない。

どうして、なにも弁解してくれなかったのだろう。

本当に、雅をただ金の為に利用しようとしていたのだろうか。最初からそのつもりで、桜屋を訪れたのだろうか。

違うと、信じたいのに。

兄の為だけを思っていると、その言葉を信じたいのに。

もう、会えない。

もう、弟は戻ってこない。

「……そんなに泣いたら、目が溶けてしまうよ」

「は、い……、はい……っ」

肩を優しく叩かれる。

けれど、どうしても涙がとまらない。

みぅ、と心配気に見つめてくる偲を、雅は抱きしめた。

兄弟に戻ることが、苦しくてたまらなかったはずだった。

それでも、弟は自分を根底では兄として慕ってくれていると思っていたから、己の気持ちに整理をつけようと、そう思えた。

けれど、忍は雅の問いを否定しなかった。

兄を利用した訳ではないと、そう言ってはくれなかった。

なにを信じるのも雅の自由だと、それではまるで、雅の言葉を肯定したも同じではないか。

己の私欲の為に兄を利用したと、そう言ったも。

「……っ」

声を殺して泣く雅に、天地が穏やかに聞く。

「北小路様のことは、どうする？　本当のことを言うかい？」

「いいえ、なにも……っ、なにも……」

あの老人は、雅を弟の方だと誤解している。今更雅が実の孫だったと打ち明けたところで、どちらにとってもいい未来が拓けるとは思えない。

雅も、あの老人を祖父と慕うことは、できそうになかった。

「……分かった。なら、お前はもう、年季が明けたということにするからね」

「は、い……っ」

「琴でも舞でも、お教室を開ける程度には仕込んであるのだから、自信を持っておやり。困ったことがあればいつでも相談に乗るから、たまには文を寄越《よこ》すんだよ」

にぅ、と小さく鳴いた偲が、雅の目元を懸命に舐めてくる。

黄色とも緑ともつかない瞳から光がきらきらと零れ落ちるようで、雅ははい、と小さく頷いた。

腕に抱いた幸せな温もりに、弟の冷たい指先を思い出さずにはいられなかった。

雅が荷物を纏め終えたのは、もう昼近くなった時分だった。

「さすがに十二年だと色々かさばるね。着物も持っていくの？」

手伝ってくれた椿に聞かれて、雅は紐で括っていた袖を解いて畳に膝をついた。掃除も兼ねての作業だった為、汚れてもいいように古くなった源氏車《げんじぐるま》の染めの小袖を着て、髪もゆるく三つ編みに編んでいる。

長年女物の着物ばかり着ていたから、こういった格好の方がしっくりくるのは分かっていたけれど、外に出たらそういう訳にもいかないだろう。

「ううん、外ではもう振袖は着ないだろうし、できたらみんなに貰ってもらえないかなって」

塞いだ気分を悟られないよう、明るい声を装い、書物を括った紐の余りを、手近な鋏《はさみ》でぷつんと切る。偲がいたら喜んでじゃれつきそうな紐だったけれど、その偲は今、作業の邪魔になるからと隣の椿の部屋で遊ばせていた。

忍が桜屋を出ていった後、雅は北小路が今日来ると言っていたことを天地に告げた。家督を忍に譲って雅を身請けするつもりだろう北小路に、なんと説明をすればいいか落ち込んだ雅だったが、話を聞いた天地は、すぐに桜屋を出るよう指示してきた。

顔を合わせたら嘘をつけないだろう、だったら逃げてしまえばいい、住む場所は都合をつけてあげるからと、そう言う天地に、雅は迷った。理由も知らされず、ただ吉野は年季が明けたと言われて北小路がすんなり引き下がるとは思えない。けれど、結局は実の祖父と知らずに交わってしまった罪悪感が勝った。

急な話に同僚たちは驚いていたけれど、雅の一人立ちを喜んでくれた。特に椿は自分のことのように嬉しがって、雅の荷造りの手伝いを申し出てくれた。

「椿も貰ってくれない？　これとか、僕より椿に似合うと思うし」

鋏を帯締めに挟んだ雅は、山と積んだ着物の中から、茜《あかね》色の地に流水紋が走り、そこに黄と藤色の蝶が舞い遊んでいる柄を選んだ。椿の襟元に当てて顔映りを見る。と、唇を尖らせた椿が、少し照れたようにそっぽを向いた。

「それにしたって急な話だよね。お祝いのお座敷もなしなんて。もうちょっといたらいいのに」

「……ううん。早く、出たいから」

とても真相は打ち明けられないからと、仕方なくそう言い訳をする。けれど、雅がなにかに気落ちしていることは分かるのだろう。椿は眉を寄せ、声を潜めて聞いてきた。

「……あの旦那とは、一緒にならないの？」

「あの旦那って……」

問い返しかけて、そうだったと気づく。昨夜、椿は雅が忍に抱き上げられて運ばれたところを見ている。かあっと顔を赤くして、雅は小さく首を振った。

「あの人は、そういうんじゃ……」

「そうなの？　あの旦那、金持ちそうだったし、身請け話を保留にしてたのってあの人なんでしょ？　そっちの話はどうするの？」

「それは……」

本当はお客じゃないとも言えずに、雅は言葉を濁した。

「……一緒には、なれない人だから。……身請けの話も、なかったことになって」

「……なにそれ！」

すっくと立ち上がって、椿が目を剝く。

「あの旦那、結婚でもしてんの!?　女房に郭《くるわ》通いがばれたとか!?」

「ち、違うよ。そうじゃない」

椿の剣幕に驚きながらも、雅は首を横に振った。

「そうじゃなくて……、ちょっと事情があって」

「事情なんてなにさ！」

肩を怒らせた椿が、目を三角にする。

「借金返し終わって、自由の身になったんでしょ!?　じゃあ、押し掛けちゃいなよ！　結婚してないなら、転がり込んじゃえば……」

「む、無理だよ、そんなの……！」

「無理なんて、押して押して押しまくれば道理が通るもんでしょ!?」

無茶苦茶なことを言う椿は、頭から湯気を出しかねない勢いで怒りを露にしている。雅は勢いに押されながらも聞き返した。

「つ……っ、椿がなんでそんなに怒るの？　僕はそれで納得してるんだから……」

「嘘つき！　納得なんてしてないくせに!!」

真正面から睨みつけられて、雅は思わず息を呑んだ。今にも地団駄を踏みそうな勢いの椿が、畳みかけるように言う。

「そんなの、本当に自由になったなんて言わない！　漸くここから出ていけるのに、自分が本当にしたいこと押し殺すなんて、馬鹿げてる！」

「僕はそんな、押し殺すなんて……！」

「だったら、なんで今、一緒になれないって言ったんだよ！　ならないじゃなくて、なれないって！　それって、本当は吉野もあの旦那と一緒にいたいってことでしょう!?」

図星を突かれて、雅は息を呑んだ。

「で、も……」

「なんで!?　なんであんた、こんな時までいい子ぶってんだよ！　好きなんでしょ!?」

まっすぐにそう聞かれ、雅は俯いた。けれど椿は、それを許さないと言うように、下から顔を覗き込んでくる。

「折角自由になれるんじゃない。好きな相手と、好きなように生きたいって思わないの？　ようやくなんのしがらみもなしに抱き合えるのに、どうして諦めちゃうんだよ！」

「……っ、諦めなくちゃ、いけないからだよ……！」

まくし立てる椿に、思わず怒鳴り返す。一度堰を切った感情は、怒濤《どとう》のように雅の唇から溢れ出した。

「だって、本当は好きになんて、なっちゃいけない相手なんだから……！　それに、憎らしいって、僕はなにも分かってないって、そう言われたんだから……、だから……！」

「じゃああんた、分かるまで、ちゃんと話聞いたの!?」

雅を一喝《いっかつ》して、椿が怒りで顔を真っ赤にする。

「分かってないから憎らしいなんて、分かってほしいって言ってるようなもんじゃない！　好きになっちゃいけないなんて、そんなの自分の覚悟次第じゃないか！」

「そ、それは……」

「なにがあったって、どんな相手だって、好き合ってるなら一緒にいるのが幸せに決まってるだろ！　そこ間違えたら、誰も幸せになんかなれない！　あんただって、あの旦那だって！」

悔しげに顔を歪めて、椿が雅の部屋を出ていく。すぐ隣の椿の部屋から、荒々しく襖を閉める音が響いてきた。

積み上げられた着物の前で、雅は力なく膝をついた。

「……でも、忍は憎んでくれって、そう言ったんだよ、椿」

ぽつりと、呟きが落ちる。

弟が、自分が助かりたいからという理由や、金や地位を得るためだけに兄を裏切ったなんて、信じたくはない。なにか事情があったのだと、思いたい。

けれど、十年前に雅の名前を騙ったことも、家督を奪う為に兄を利用したことも、忍は否定しなかった。なにを信じるのも雅の自由だと、憎んでくれと、そう言って。

「それってやっぱり……、やっぱり、僕を利用してたって、こと、で……。し、忍は、僕になんて思われてもいいって、兄とも思ってないって、そういう……、ことで……」

覆らない事実は、どうしたって越えられない。

たとえ雅が弟以上に想っていても、忍は雅のことを兄だとさえ認めたくないのだ。

爪が食い込むほど強く強く、膝の上で拳を握った雅だったが、そこで遠くから慌ただしい喧噪が近づいてくるのが聞こえてきた。時折悲鳴のような声も混じっている。

「……なに……？」

こんな昼間から何事かと不審に思って、そっと襖を開けて廊下に出る。と、ちょうど部屋の並びの向こうの角から、のそりと人影が現れた。

皺だらけの目が、雅を捉える。

「やはり、まだいるではないか……！　吉野……！」

「き、……中瀬、様」

目を見開いた雅に、にたあ、と北小路が不気味な笑みを浮かべる。一歩ずつこちらに近づいてくる、その後ろから、天地が駆けてくるのが見えた。

「お待ち下さい、そちらは……！」

北小路の肩に手をかけた天地に、老人がすう、と形相を変える。

「もう年季が明けたなどと、小賢《こざか》しい嘘をつきおって！　儂は、吉野と身請けの約束をしたと言ったであろう！」

「ですから、それはお断りしますと……！」

「黙らぬか！」

かっと目を剝いた北小路が、小脇に持っていたなにか長い棒のようなもので天地の腹を強《したた》かに打つ。ぐっと嘔吐を堪えるようにして、その場に天地が崩れ落ちた。

「天地さ……っ」

「さあ、吉野や」

慌てて駆け寄ろうとした雅だったが、それより早く北小路に声をかけられ、すんでのところで足をとめる。北小路が持っていたのは、黒い鞘《さや》に納められた日本刀だった。おそらくその柄で、天地を黙らせたのだろう。

「儂とおいで。儂が、お前をここから連れ出してやるからのう」

「……中瀬様」

からからに干上がったような喉をこくりと鳴らし、雅は皺だらけの目を見つめ返した。

きっと天地は、予想より早く登楼した北小路に、雅はもういないと言って諦めさせようとしたのだろう。雅を身請けするつもりだった北小路は、驚いて自分を探してこちらの棟まで乗り込んできたに違いない。

雅が、幕を引かなければいけない。雅がこの老人を、騙したのだから。

「……突然の話で、中瀬様には本当に申し訳ないことをしたと思っております」

朝、ここを出たばかりの忍が、北小路に真相を打ち明けたとは考えにくい。雅の身請けの金を用立てて来た北小路は、おそらく忍と顔も合わせていないはずだ。

だとしたらまだ、北小路は雅がなにも知らないと思っているだろう。雅のことを、弟の忍の方だと思っているはずだ。

雅が忍の筋書きに従って騙していたことを打ち明けたら、すべてを話さなければならなくなる。高齢の北小路に、実の孫を抱いていた事実は重荷すぎるだろう。

ならばこのまま押し通した方がいいと、雅は腹を決めた。

「けれど本当に、全て借財は無くなったのです。もう、身請けをお受けする訳には……」

「……偽りを申すな」

淀んだ低い声が、廊下に響いた。続いて、すらりと刀を抜く音も。

「な、かせ、様……」

「知っておるのだぞ……！　本当は、他の男の身請け話を呑んだのだろう……！　儂のような老いぼれを見捨てて、あんな若造に入れ上げおって……！」

「ち、違います……っ、私は……！」

「黙れ……っ、黙れ黙れ黙れ！」

皺だらけの顔に、深い狂気が滲む。息を荒げ、かっと目を見開いた姿には、先日までの好々爺《こうこうや》の面影は微塵もなかった。

「お、おやめ下さい……！」

後ずさった雅だったが、角部屋だったこともあり、すぐに袋小路に退路を阻まれてしまう。壁に背を貼りつけた雅へと一歩ずつ迫ってくる北小路の向こうに、何事かと集まった他の色子たちが見えた。倒れ込んだままの天地が、雅に叫ぶ。

「逃げなさい、吉野……！　部屋から、窓から逃げなさい！」

苦悶《くもん》に顔を歪めながらもそう叫ぶ天地の言葉に従わなければと思うのに、恐怖に足が竦んで動けない。その場にへたり込んでしまいそうになるのを堪えるのがやっとだった。

ゆらり、と体を左右に揺らしながら、北小路がこちらに向かってくる。

「儂を拒むのなら、いっそ……、いっそこの手で……！」

「中瀬様、私は……っ」

追い込まれた雅が、震える足をなんとか踏ん張らせ、もう一度謝罪を繰り返そうとした、その時だった。

「あ、馬鹿！　出るな！」

椿の声がして、雅と北小路の中間の襖から小さな影が飛び出してくる。ちりりん、と鈴を響かせた子猫に、雅は思わず声を上げていた。

「偲……！」

みぃ、と鳴いた子猫が、ちらりと北小路を見やった後、怯えたように雅のもとにすっ飛んでくる。雅の足元で身を縮ませ、毛を逆立てた偲は、うぅ、と小さく唸った。

「あ……！」

弟と同じ名前を持つその子猫に、雅は自分の過ちに気づいた。

北小路は、雅が忍だと思っている。猫に自分の名前を付けるなんて、どう考えてもおかしい。

おそるおそる顔を上げると、北小路が忌々《いまいま》しそうに鼻を鳴らした。血走った目に、新たな憤怒《ふんぬ》がふつふつと滾っている。

「そのような畜生に、弟の名など付けおって……！」

「お、とう、と……？」

北小路の言葉に違和感を感じて、雅は思わずそう呟き返していた。

おかしい。

なにかが、違う。

北小路は、雅をこそ弟だと思っているはずだ。

忍という名の、弟だと。

「……どうして、知っているんですか？」

偲を庇うように身を屈めた雅は、その皺だらけの目を見つめたまま、ゆっくりとそう聞いた。

「どうして、僕が兄だと……。だって忍は、ずっと僕の名前を騙っていたはずで……」

「よ、しの……」

雅の問いかけに、北小路の顔が見る間に青ざめ始める。手にした刀を取り落としかねないその様子に、先ほどの言葉が意図せず漏れたものだと伺い知れた。

知っていたのだ。

吉野が、自分が抱いている色子が、『雅』だと。

己の、孫だと。

「……知っていて、黙っていたんですか？　僕が、雅だと。あなたの、実の孫だと……」

わなわなと、北小路の全身が震え出す。

疑いを確信に変え、雅はきつく目を眇めた。

「いつから……？　いつから、知っていたんです？　もしかして、最初から知っていて、僕を……、僕を……!?」

雅の悲痛な糾弾に、ひっと叫んだ北小路が、不様に尻餅をつく。髪も着物も乱して、北小路は息を切らせ、がたがたと震えながら告げた。

「さ、最初は、知らんかった……！　本当じゃ……！　しかし、あの火事の夜、引き取ったばかりの子供が、自分は楼主に騙されたと、本当は弟の忍だと言いおって……！」

「……火事の、夜」

北小路が雅の馴染みになったのは、忍が引き取られた直後、火事で桜屋が焼ける前だった。けれど、それはもう十年も前の話だ。

「十年も、前から……」

「ゆ、許せ、吉野。儂は、儂はお前を失いとうなくて、ずっと打ち明けることもできず……！」

は、は、と獣のような息の音が聞こえる。

北小路の、呼吸だった。

実の孫を、十年もの間犯し続けていた、畜生の。

「儂とて、儂とてもう、ずっと苦しんで……！」

「……僕や、忍よりも、ですか？」

静かに、雅はその怒りを燃え上がらせた。

どうしてあの時、忍を信じてやらなかったのだろう。

ずっと、いつだって雅の為を思っていると、そう言ってくれたのに。

たった一人の、弟なのに。

「あなたはずっと、忍に、僕の弟に、兄の名を騙ることを強いてきたのでしょう？」

「よ、しの……」

「僕は、雅です……！　あなたと、血の繫がった孫です！」

双方知らなかったのだから仕方がない、と。

高齢なのだから、事実を知らせない方がいい、と。

そう慮《おもんぱか》っていた自分に、この老人は後足で砂をかけるような真似をしていたのだ。

ずっと、ずっとなにもかも知っていて、自分を騙していた。

忍を、苦しめていたのだ。

「……許さない」

これほど人に憎悪を感じたのは、生まれて初めてだった。

北小路が、ひ、ひ、と苦しそうに喘ぐのを見ても、もうなんの感慨も湧かない。

忍は、弟は、もっと苦しい、辛い十年を送ってきたのだ。

「絶対に、許さない……！」

柳眉《りゅうび》を逆立て、まっすぐに睨みつけながらそう叫んだ雅に、北小路が目に絶望を浮かべる。

「そ、んな……、そんな目で、儂を見るな……」

弱々しく紡ぐ声に、荒い息が混じる。ひゅうひゅうと喉から不吉な音を立てながら、北小路は刀を床に突き立て、それにしがみつくようにして膝を折った。

「そんな、目で……」

ああ、と消え入るように一声上げて、北小路はそのまま顔を伏せた。荒い呼吸に、肩がひっきりなしに上下している。

じっとそれを見つめながら、雅は尾を膨らませたままの偲を自分の腕に抱き上げた。ゆっくりと、立ち上がる。

と、そのひと刹那《せつな》、後のことだった。

「ひ、……ひひ、ヒ」

「……な、に……？」

突然、引き攣《つ》れたような笑い声が、目の前の枯れ木のように痩せた体から湧き起こる。尋常でない様子に、一瞬で背筋が凍りついて、雅はぎゅっと偲を抱き、慎重に後ずさろうとした。

けれど、そこに逃げ道はなかった。

「ヒヒ、ヒヒヒイヒヒ……ッ！　ヒヒイヒァ！」

立ち上がりざま、廊下に突き刺していた刀身を抜いた老人が、それを凄まじい勢いで振り回し出す。慌てて首を引っ込めた椿のすぐ前を横切った刀が、耳障りな音を立てて襖を切り裂いた。

たちまち廊下に、色子たちの悲鳴が巻き起こる。

「ヨ、シ……！　ヨシノォオ！」

「ひっ！」

口角から泡を噴き、よろめきながらこちらに近づいてくる恐ろしい姿に、雅が偲を抱きしめて身を竦ませた、その時だった。

「伏せて、兄さん！」

突然雅の部屋から聞こえてきた叫びに、雅は咄嗟にその場にしゃがみ込んだ。

次の瞬間、雅の部屋の襖が荒々しく内側から蹴倒され、廊下に長身の男が飛び出してくる。

「忍……！」

狂人を一瞥した忍が、雅の声に振り返り、ほっとしたように眦を少し下げて微笑みを浮かべる。

「こちらへ……！」

差し伸べられた手を、雅は迷うことなく取った。偲を片手で抱いたまま、忍に引っ張られて部屋の中へと逃げ込もうとする。

けれどその寸前、雅の頭がぐんっと何かに引っ張られた。

「痛……！」

「ヒヒヒ、サクラ、サクラハ、ワシノ！　ワシノモノ……！」

振り返ると、三つ編みにした髪の先を、骨と皮だけのような手が捕まえている。思わず胸に抱えていた偲を離した雅は、そこで帯留めに挟んであった鋏に気づいた。

逡巡は、一瞬のことだった。

「く、う……！」

素早く鋏を取り上げ、自分と皺だらけの手を繋ぐ黒い鎖を断ち切る。ぶつっと音がするほどの衝撃に、雅はどさっと畳の上に倒れ込んでしまった。

「兄さん！」

「忍、逃げて！」

助け起こそうとする忍に叫ぶ。一連の出来事に足が震えて、すぐに立てそうもなかった。

「早く……、早く逃げて！」

自分のことなど、もうどうなってもいい。

忍さえ無事ならそれで、それでいい。

「ヒィイアアァッ！」

奇声が、すぐそこまで迫る。

倒れた襖を踏みしめた狂人が、銀色の切っ先を雅へと振りかざした、その刹那。

「く、おぉおおおっ！」

咆哮《ほうこう》した忍が、雅を飛び越えて狂人の懐へと当て身を食らわせた。よろめきながら闇雲に振り回される刀を身を翻して避け、鮮やかに蹴りを繰り出す。

「ヒ、イ……ッ！」

一声上げて、枯れ木のような体がその場に崩れ落ちる。手から零れ落ちた日本刀が廊下に音を立てて転がり――、そして、すべての動きが、とまった。

静かにそれを見届けた忍が、ふう、と一息ついて雅のもとへ歩み寄ってくる。靴を履いたまま、着衣も乱したまま、畳に膝をついた忍に真正面から覗き込まれて、雅はようやく我に返った。

「し、のぶ」

「……うん」

「忍……！」

首元に縋りつくと、忍がしっかりと腕を回してくれる。大きな手で背を抱かれてからようやく、雅は足だけでなく、全身ががくがくと震えていることに気づいた。

「ぜ、全部、聞いた。本当は、僕が雅だって、……あ、兄の方だって、知ってたことも」

「……そうですか」

たどたどしく話した雅に、忍が痛ましそうな顔をする。忍がそんな顔をして悲しむ必要はないのにと、そう思ったのに、恐慌に強ばった唇がうまく動かない。

雅の背を宥めるように撫でながら、忍が言う。

「屋敷に帰ったら、あいつが芸妓を身請けして隠遁するって、蜂の巣をつついたような大騒ぎだったんです。桜屋に向かったと聞いて、きっと話がこじれるだろうと心配になって……」

相槌を打ちたいのに、ただしがみついていることしかできない。けれど、優しく髪を梳《す》いてくれる忍の手の冷たさに、徐々に自分の心音が緩やかになっていくのが分かった。

「車さえ故障しなければ、もっと早く、こちらに来られるはずだったんです。あんな、……あんな、刃物まで振り回すなんて、思ってもみなくて……」

悔やむ声が、低く甘く響く。

「……忍が、……守ってくれた、から。……だから、大丈夫」

苦渋に満ちた忍の謝罪に、雅は込み上げてくるものを堪えて、やっとそれだけを押し出した。

背を抱く忍の腕が、ぎゅっと強くなる。

「……大丈夫」

繰り返して、雅は忍の髪に頬を擦り寄せた。深く息を吸い込むと、忍の匂いがした。

「ごめん……、誤解してて、ごめん、忍」

「……兄さん」

忍の長い腕が、雅を閉じ込めるように抱きしめてくる。

「……いいんです。疑われるようなことをした、俺が悪いんですから」

「そんな……っ、そんなことない……！」

どうして忍が最初からすべてを打ち明けてくれなかったのか、今なら分かる。

雅を傷つけまいと、そう思ってくれたのだ。

真実を知って、兄が心に傷を負わないようにと。

「もう、もう二度と、疑わない。忍のこと、疑ったりしない……！」

息を詰め、声を振り絞った雅に、忍があぁ、とため息を漏らす。

「兄さん……、もう、離れないでいいんですね？　傍に、いてくれるんですね？」

「……うん」

こくりと頷いた雅の肩口で、忍が兄さん、と吐息を震わせる。なにもかもから守るような、二度と離すまいとするかのようなその抱擁に、雅はそっと目を閉じた。

この抱擁の意味が重なることは、ないのかもしれない。

それでももう、忍と離れたくはない。

なによりも大事な弟の傍にいたい。

光の遮られたその闇は、どこまでも温かく雅を包み込んでいた。


騒ぎの後、雅はそのまま北小路の屋敷に誘われた。借家を用意してくれていた天地には申し訳なかったけれど、なにもかも誤解がとけた今、弟から離れたくなかったのだ。天地はまだ納得しかねる様子だったが、年季が明けたんだからもうどこに行くのも吉野の自由でしょ、と椿が後押ししてくれた。

折角の門出なんだからせめてと、雅の髪を切り揃えてくれた椿は、なにも知らないであれこれ言ってごめんと謝った後に、それでもと続けた。

『でも、さっき言ったことは取り消さないから』

黒絹に白い立木と金の縁取りの葉桜が散った小袖に着替えた雅を姿見の前に座らせ、すっきりと綺麗に髪を整えてくれながらそう言った椿は、とても強い目をしていた。

『好き合ってるなら、一緒にいるのが一番幸せなんだよ。……なにがあっても。どんな相手でも』

好き合っている訳ではないと、そう小さく答えた雅に椿は鏡越しに苦笑していたけれど、どうして椿に笑われるのか、雅には分からなかった。

雅が髪を切ってもらっている間に、往診の医者に診《み》てもらった北小路は、完全に自我を失っているとのことだった。医者の勧めもあって、そのまま大きな病院に入院させることになった北小路は、もう一言も言葉を発することはなく、真っ暗な光のない目で虚空《こくう》を見つめていた。

まとめてあった荷物を積み、偲と共に馬車に乗り込んだのは、陽が陰りを見せ始めた頃だった。

屋敷に着いた時にはもう薄暗くなっていたが、馬車を降りて見上げた北小路邸は先日の夜会の時の洋館よりもなお豪奢で、雅は立派な調度品の数々に目を回しながらも、普段偲が使っているという書斎に通された。

そこで待っていたのは、意外な人物だった。

「雅様には初めてお目にかかります。家令の中瀬と申します」

一礼した中瀬に促され、ソファに腰かける。雅の隣に、無言で偲も腰を下ろした。

「あの、……中瀬、さんは、全部ご存知なんですか？」

つい先頃までずっとあの老人だと思っていた名前で目の前の男性を呼ぶのは、どうにも据りが悪い。雅が席を勧めても座ることなく、ソファの脇に立ったまま、中瀬ははい、と頷いた。

「十年前から、存じております。翁《おう》の命で、私が密かに動いておりましたので。……雅様には、申し訳ないことをしました」

「あの、そんな……、顔を上げて下さい」

深々と頭を下げる中瀬に、雅は慌ててしまう。北小路のことは憎んでも憎み足りなかったけれど、だからといって中瀬のことまで憎いとは思いきれない。

そう言うと、中瀬は眼鏡の奥の瞳を細めた。

「本当に、……お優しい方なのですね、雅様は」

「……中瀬、話を」

少し苛立ったように、忍が中瀬を促す。は、と畏まって、中瀬は切り出した。

「……雅様のお父様が、亡くなられた時のことです。息を引き取られる直前、雅という名の息子がいると仰った為、翁は極秘裏にその行方を探されました。遊郭に売られていると分かり、お迎えにあがったのが私です」

十年前です、と中瀬が遠くを見るような面もちになる。

「その時の楼主が、兄の雅の方だと連れてきたのが、若様でした。……後で分かったことですが、若様はこの時、当時の楼主に騙されていたのです」

視線が忍に移る。と、そこで忍がおもむろにため息をついて、重い口を開いた。

「……兄さんが、忍を自分だと偽って引き取ってもらってほしいと言っていると、そう言われたんです。あの、守銭奴《しゅせんど》に」

「そんな……、それじゃあ……」

忍が華族に引き取られたと、そう言われた時のことを思い出す。あの時、楼主は確かに、華族は弟を引き取りに来たと言っていた。ろくに金も払わないで連れていってしまったと。

あれはすべて、楼主の嘘だったのだ。

「あの頃俺は、兄さんの重荷になっている自分が嫌でたまりませんでした。兄さんは自分の分の借金まで背負って、体を張って守ってくれているのに、なにもできない自分が悔しかった」

そこにつけ込まれたんです、と忍はぐっと眉間を寄せた。話の続きを、中瀬が引き取る。

「私は翁から十分な額の金銭を預かり、楼主に渡していました。引き取る子供の身請け金として」

「……俺が大人しく引き取られるなら、兄さんの借金も大幅に減らしてやると、あの楼主はそう約束したんです。お前も兄の為になにかしたいなら、兄の思いやりに応えてやったらどうだ、と」

話す忍が辛そうで、雅はそっと忍の手に自分のそれを重ねた。ひんやりした指先に温もりを分け与えるように、ぎゅっと握る。雅の手にじっと視線を落としたまま、忍が続けた。

「それでも、一言も兄さんと話させてもらえなかったのが気になって、数日経つ内に、もしかしたら兄さんも楼主に騙されているのかもしれないと気づき始めました。屋敷を抜け出して、こっそり桜屋に忍び込んで、楼主に直談判して……」

忍が顔を上げる。躊躇うように何度か喉を嚥下してから、忍は雅の知らなかった事実を告げた。

「楼主と揉み合う内に、燭台が倒れ、火の手が回りました。……十年前の桜屋の火事は、俺が起こしたものなんです」

「そ、んな……。だってあの夜、逃げる時に忍はどこにも……」

弟の姿を見た記憶はないと、そう目を瞠る雅に、中瀬が口を差し挟む。

「……私が、忍様を屋敷まで連れ帰ったのです。その途中、実は忍様の方が弟君だったと知りました。すぐに翁にも知らせたのですが……、……翁は、それをなかったことにと、そう命を下されたのです。忍様にも、お前は雅だとそう言い置いて、すぐに留学を手配されて……」

狂ってしまう前に、北小路が雅に弁明しようとしていたことが思い出される。

あの時北小路は、火事の夜に忍が真相を話したと言っていた。だが、北小路が雅を買ったのはそれより前だ。

北小路は、雅に真実を打ち明けて引き取るのではなく、事実を闇に葬《ほうむ》ったまま、雅を買うことを選んだのだ。

「……兄さん」

いつの間にか、雅が温めていたはずの手に、指先を握り返されていた。顔を上げると、気遣うような忍の顔がある。

「顔が真っ青です。……中瀬、寝室の用意を」

は、と一礼した中瀬が、部屋の奥にある扉から隣の部屋へと消える。

「だ、大丈夫だよ、忍……。そこまでしてもらわなくても」

「駄目です」

きっぱりと言った忍が、やおら立ち上がり、座ったままの雅の膝と背に腕を差し込む。

「忍、なにを……っ」

そのまま抱き上げられて、雅は恥ずかしさと困惑におろおろと狼狽えた。

「忍様、ご用意できました」

「ああ。……あとは俺がやる」

下がっていろ、と命じた忍に頷いて、中瀬が部屋を出ていく。ゆっくりと歩く忍に奥の部屋へと運び込まれ、雅は天蓋《てんがい》のついたベッドにそっと下ろされた。

「……本当に、よかったのに」

忍にこうして運ばれるのは、もう何度目になるだろう。弟に軽々と抱きかかえられてしまうのは恥ずかしいけれど、体格がまるで違うのだから抗いようがない。

やわらかいベッドに身を横たえた雅だったが、不意にぎしりと忍が膝を乗り上げてきた。

「忍……？」

見上げる体勢に、不安感が押し寄せてくる。雅の耳の横に手をついた忍は、覗き込むようにして顔を近づけてきた。

「……髪、昔みたいですね」

「あ……、う、うん」

触っても、と聞かれて、雅は頷いた。すっと手を伸ばした忍が、雅の髪をさらりと梳く。時折地肌に触れる冷たい指先がくすぐったかったけれど、雅はじっと忍の手を受け入れた。

さらさらと手触りを楽しむように雅の髪を撫でながら、忍が言う。

「長いのも綺麗でしたが、俺はこちらの方が好きです」

「そ、そう……」

「ええ。……これからはずっと、俺が切ってあげますね」

「……ずっと、って……」

優し気に響く低く甘い声に、雅は違和感を感じた。

和解した兄を思う言葉のはずなのに、なにかが違う。

なにかまだ、忍の中にわだかまりが残っているように思える。

「忍……？」

「……俺に、触れられるのは嫌ですか？　北小路のことを黙っていたのを、まだ怒ってる？」

「そんな……！　そんなこと、ないよ！　忍は僕のことを心配して黙っててくれたんだから」

「なら、いいでしょう？　傍にいてくれるって、さっきもそう言ったじゃないですか」

「それは……、でも……」

見上げた忍の目が、未だに昏い、闇色をしていて、雅はその目に椿の言葉を思い出した。

ちゃんと、話を聞いたのかと。

なにも分かっていないから憎らしいと、それは分かってほしいという気持ちの裏返しだと。

そう、言われたではないか。

「……僕がなにも分かっていないって、忍はそう言っていたけれど」

まっすぐ忍を見つめながら、雅は問いかけた。

「あれは、どういう意味……？」

じっと見上げて、答えを待つ。しばらく無言で雅を見つめ返していた忍だったが、やがてその唇が動いた。

「……そのままです。兄さんはなにも、分かっていない」

すう、とその目が細められる。

「たとえば、俺がどういうつもりで兄さんをここに運んだか、分かりますか？」

「どうって……。僕の体調を気遣ってくれたから……」

「……それだけだと、本当にそう思いますか？」

唇が、わざと作ったような歪んだ笑みを浮かべる。

「この部屋には、外鍵がついているんです。……つまり俺は、このまま兄さんを監禁することだってできる」

「か、ん禁って……」

「身請けしたらそうしてあげるって、ずっと言っていたでしょう？」

ぐっと気配を濃くした忍が、硬直している雅の唇すれすれまで顔を近づけてくる。声を出すのも躊躇うような、そんな距離で、忍は続けた。

「最初から、こうするつもりだったんです。あの爺から家督を奪ったら、兄さんを身請けして、俺の手元に置くって。俺の好きな髪型にして、好きな服を着せて、……そうして兄さんを一生、この屋敷に閉じ込めて逃がさないって」

弾けた吐息が、唇に当たる。

兄さん、と伸ばした指先で雅の唇をそっとなぞって、忍は不意に、泣き出しそうに顔を歪めた。

「真実を打ち明けなかったのも、あんな奴のしたことで、兄さんが傷つくのが嫌だったからです。俺以外の人間に兄さんが傷つけられるくらいなら、憎まれた方がましだった。だってそうしたら、兄さんのその傷は、俺がつけたものになるでしょう？」

笑みが、深まる。

その瞳は、闇色に昏く陰っていた。

「なにもかも、俺のものにしたかった。涙も傷も、他の男に抱かれた痕跡も、今まで兄さんが俺を庇ってきた証なんだから……、だからそれは全部、俺のものだ。兄さんの全部は、俺の……」

冷たい指先で、愛おしげに兄の頬を撫で、忍は声を震わせた。

「……俺の、ものだ」

「し、の……」

雅が声を発した途端、忍は糸が切れたようにその唇を重ねてきた。角度を変えて何度も、何度も貪られる。

「ん……、ふ……！」

息苦しさに呻く雅の舌をきつく吸い上げ、忍が低く唸る。

「やっと、やっと手に入れたんだ……！　もう、逃がさない……！」

「しの、ぶ……」

「あんな爺にも、誰にも、傷なんてつけさせない……！　俺の、俺だけの兄さんだ……！」

「待っ……、ん、んんぅ……！」

待って、とその悲鳴ごと忍の唇に吸い取られる。噛みつくようなくちづけは忍の激情そのもので、一瞬怯えた雅は、体の力を抜いて懸命にそのくちづけに応えた。

俺だけのものだと、その意味が漸く、分かった。

忍が自分を抱いた訳が。

憎んでくれと、そう忍が願った訳が。

首元に腕を回して引き寄せ、蹂躙《じゅうりん》する舌を甘く噛んで、唇をやわらかく吸う。驚いたように引っ込んだ舌に己のそれを絡ませると、忍がくちづけを解いた。

混乱したような、疑うような目が、こちらを見下ろしている。

「……忍」

微笑みを浮かべて、雅はそっと手を伸ばした。忍の頬を包んで、撫でる。

「……監禁、したいならしてもいいよ。十年も離れていたんだもの。……僕も、忍の傍にいたい」

「兄さん……？」

「でも、憎むなんて、きっと一生無理だ」

黒い瞳の中には、自分が映っていた。

弟と同じように、眦を少し下げて微笑む自分が。

「……だって、忍は僕の弟で……、弟以上だから」

忍が、息を呑む。

その首元にもう一度腕を絡みつかせて、雅は囁いた。

「僕も、忍が好きだから」

兄弟という繋がりから、自分たちは逃れることはできない。

けれど、それよりもっと強いもので、結ばれることができる。

こんなにも互いに、囚われているのだから。

「……忍」

名前を呼ぶと、ああ、とため息混じりに呻いた忍が、雅をその腕に抱き、唇を重ねてくる。弟の腕に掻き抱かれて、黒袖に舞う真っ白な葉桜がはらはらと乱れ散った。

「本当に……？　兄さん、……ああ、兄さん……！」

夢中で兄の唇を貪る弟に応えながら、雅は目を閉じた。

暗闇の中、椿の言葉が思い浮かぶ。

『好き同士なら、一緒にいるのが一番幸せなんだよ』

なにがあっても。どんな相手でも。

その通りだと思った。

このくちづけ以上の幸せなんて、なかった。

忍が天蓋の布を下ろすのも、待っていられなかった。

「し、のぶ……、早く……」

「……待って、兄さん」

疼く体を持て余す兄を制して、忍が洋燈に灯りを点《とも》す。今まで桜屋の座敷で使っていた行灯《あんどん》や蠟燭よりもよほど明るいその光に、ベッドの上に横臥した雅は両足をもじつかせた。こんなに明るい中で弟に抱かれてしまうのだと思うと、それだけで体の芯が燃え上がるようだった。

くちづけを繰り返した忍は、雅の帯を解いてから、天蓋の布を、と言い出した。もう襦袢ひとつの姿で、すっかり息も上がっている雅には、それが焦れったくてたまらない。

洋燈を点けた忍が片膝をベッドにかけて乗り上げた時には、思わず身を起こして自分から唇を重ねていた。兄さん、と驚いたように呟いた忍が、ああ、と嬉しそうに小さくため息をついて、唇を吸い返してくれる。ちゅくちゅくと舌を軽く吸われると、それだけでとろりと蕩けてしまいそうで、雅は頰を染めながら小さな喘ぎをいくつも漏らした。

「……もう、緋襦袢じゃないんですね」

くちづけを解いた忍が、そう目を細める。

「うん……、あの、変？」

桜屋で湯殿を使った時に着替えていたので、雅は見世で着ていた緋襦袢ではなく、白い襦袢に替えている。いつもは緋襦袢で客の相手をしていた為、この格好で誰かと肌を重ねるのは初めてだった。

じっと見つめられて、次第に不安になってくる。おずおずと見上げて聞いた雅だったが、忍は目を細めて首を横に振った。

「変だなんて……。真っ白で、すごく綺麗で……、触ったらいけないような気がしただけです」

躊躇いがちに、そろりと頬を指の背で撫でてくる。冷たいその手を、雅は自分の両手でそっと包んだ。頬を擦り寄せて言う。

「……忍しか、触れないよ」

身請けしたでしょ、と微笑む。

「もう、忍のものだよ」

「……兄さん」

自分から忍の首に腕を回して、唇を重ねる。すぐに深くなったくちづけに、二人の間でいくつも熱い吐息が弾けた。

「ん……、忍……」

襦袢の前もするりとはだけられ、合わせから入り込んできた冷たい手に脇から腹までを何度も撫でられる。掌が尖り始めた胸の飾りを掠める度、雅は小さく息を詰めて口腔の忍の舌を吸った。

「……ん、んく、ん、んんぅ」

くりくりと両胸の乳首を親指と人差し指でくびり出され、身を捩りながらその愛撫から逃げようとすると、咎めるように指先に挟んだまま軽く引っ張られる。ちゅぱちゅぱと音を立てて舌を吸われながら何度も肉粒を摘まれて、雅はぴくんと小さく震えながら、蕩けるような快楽に身を委ねていった。

「んぅ、ふぁ……」

背筋に走る甘い痺れに耐えかねてくちづけを解くと、ぽってりと唇が腫れたような感覚になっていた。唇の端から溢れた唾液を、忍にぺろりと舌で舐め取られる。

「ああ、もうこんなに蕩けた顔をして」

「だ、って……」

からかいに頬を火照《ほて》らせると、忍が目元にちゅ、と小さく唇を落としてきた。

「……嬉しいです。兄さんを手に入れるには、体から堕とすしかないって、ずっとそう思っていたから……」

「あ……、だ、だから、あんな……？　ふ、ん……っ」

乳暈《にゅううん》ごときゅう、と摘まれ、ふにふにと弄られて、雅は息を上げながら首を傾げる。何度も雅に抱いてほしいと言うよう強要していたのはそのせいかと聞くと、忍が眉根を曇らせて頷いた。

「一度抱けば、きっと兄さんも諦めるって、そう思ったんです。諦めて、自分から欲しがらせたら、もうあとは俺のものだって。……でも、兄さんはずっと俺を拒んでいて……」

「ん……っ」

ひやりとした指先がささやかな桜色の突起を掠め、触れるか触れないかの微妙な刺激を与えてくる。爪の先ですりすりと微かに掻かれると、その焦れったさに体の芯が疼いてたまらなかった。

「……欲しかった、よ。でも、忍が大事だから、それは駄目って、思って……」

あ、あ、と体を揺らして忍の指の動きを追いかけながら、雅はずっと押し込めてきた情欲を解放した。

「抱いて、忍……、そこ、乳首、もっと、して……っ」

「……兄さん」

「くりくりって、さっきみたいに……っ、あぁ……んっ」

耳朶をかぷりと甘く嚙まれながら、ねだった通りに指先で乳首をくじられ、雅は高い嬌声を放った。忍の首にしがみついて、もっとと乱れる。

「触って……っ、もう、じんじんして、は、早く……っ」

「……っ、兄さん……!」

「あ、あ、んんあ……っ」

どさりとベッドに押し倒されて、唇を貪られながら乳首を、花茎を忍の指で弄られる。下腹に、まだ衣服に包まれたままの弟の欲望がごりっと当たって、雅は二人の体の隙間から手を差し込んで、そこを掌で撫でた。息を詰めた忍が、くちづけを解く。

「……兄さん、それは……」

「僕が、したいんだ。……早く、欲しい、から」

させて、と囁きながら、欲情を隠せない手つきでさすると、たちまちそこが張りつめてくる。

こくりと喉を鳴らした雅は、忍のそこを慎重にくつろげた。

ずしりと重い肉茎に、恍惚のため息が漏れる。

「ああ……、すごい、大きい……」

これで貫かれるのだ、とそう思いかけて、はっと我に返る。

「し、忍……」

「……どうしたの、兄さん？」

「通和散が……」

頼りなげに弟を見上げながら訴えた雅に、忍があぁ、と合点《がてん》がいったように頷く。

見世でいつも使っていた薬は、当然ながら持ってきていない。あれがなければ、忍を受け入れることはできない。

「……大丈夫ですよ」

どうしよう、と狼狽える雅に、忍が眦を少し下げて微笑んだ。

「そんなことで、泣きそうな顔をしないで下さい。……ほら、手で、して……？」

「あ、わ……っ」

上体を起こした忍が、雅の腿の上に座るようにして、兄の屹立《きつりつ》に己のそれをぴたりとくっつけてくる。雅の手をそこに導いた忍は、二人の懐刀を纏めて握らせると、その上から自分の手を重ねて、上下に擦り始めた。

「ひ……っ、ひ、ん……っ」

「兄さんの手、小さいから余りますね。……両手で、ね……？」

低く甘い声に囁かれると、否と言えなくなる。両手で互いの性器を擦り立て出した雅に目を細めて、忍はそこから手を離してしまった。おもむろに身を屈め、雅の唇に指先を這わせてくる。

「……舐めて、兄さん」

「……ん、む」

ちゅぷりと二本の指の先の部分だけを雅に含ませ、内側のやわらかい粘膜を探り出す。ちゅぷちゅぷと浅く抜き差しされると、尻の狭間にある別の箇所をそうして弄られたことが思い出されて、雅は薄く頬を染めた。

首筋や肩先を撫でていた、忍のもう片方の手が、先ほどの愛撫で硬く凝っていた乳首を捉える。すりすりと指を擦り合わせるようにして突起をくびり出され、ぬちゅぬちゅと指で唇を犯されながら、雅は両手で己と忍の雄を擦り上げた。

「ん……、ふ……っ、ふぁ、んん……！」

従順な兄に忍が目を細めて、ずる、と口腔深くまで指を進めてくる。つけ根まで入れられてしまうとさすがに息苦しかったけれど、長い指で舌を挟まれ、にゅるにゅると弄ばれると、とろりとした心地よさに満たされた。ちゅうちゅうと、赤子が乳を吸うように指に吸いつく雅に、忍が微笑みを浮かべる。

「……ふふ、おしゃぶりが好きなんですか？　兄さん……」

「……ん、ん……」

指の腹で敏感な上顎をくすぐるように撫でられて、夢中でこくこく頷く。すると、ぬるん、と唇から指を引き抜かれた。

「あ……」

喪失感に曇った雅の顔に、忍がちゅ、と軽くくちづけを落とす。雅が見上げている目の前で、忍は手早く服を脱ぎ捨てた。

綺麗に筋肉のついた体は、雅の細く薄い、少年のようなものとはまるで違っていて、本当にこれが自分の弟の体かと疑いたくなってしまう。

「……兄さんも」

雅の肩に引っかかっていた襦袢を取り払った忍が、雅とは頭を反対にしてベッドに横たわる。互いの眼前に相手の性器がくるような体勢で、忍は雅の小振りなそれに顔を寄せてきた。

「しゃぶって、兄さん」

「ふ……、んっ、あ……」

べろりと大きく出した舌で裏筋をなぞられて、雅は心地よさに足をもじつかせた。

「膝立てて、腰突き出して……。俺も全部、兄さんの全部を舐めてあげますから」

「ん、あ、あぁ、ん……」

言われた通りにすると、全容を含まれて、そのままねっとりと舐めしゃぶられる。

あえかな声を漏らしながら、雅も忍の屹立にそっと指を伸ばした。勃ち上がりかけているそれを唇でやわらかくくすぐると、若い雄茎がびくりと脈動する。

半分だけとはいえ、同じ血が流れている兄弟なのに、忍の懐刀は雅のものとは色も形もまるで違っていて、張り出した亀頭を咥えただけで口の中がいっぱいになってしまう。

それでも忍にも感じてほしくて、雅は喉奥深くまで怒張を呑み込んでいった。

「……ん、んむぅ、うんん……っ」

「は……っ、ふふ……」

息を詰めた忍が、雅の花茎をゆったりと指先で扱き上げる。もう先走りの蜜にしとどに濡れていたそこは、すぐにくちゅくちゅと淫猥な音色を奏で始めた。

「ふ……んっ、んんぅ……」

淫らな指戯に腰を揺らしながら、雅はぬろぉ、と口腔から雄根を引き抜き、粘り気のある蜜を滲ませ始めた鈴口を唇でにゅちにゅちと慰撫する。そうして忍の先走りで滑りのよくなった唇で、吸いつくような小さなくちづけを太棹全体に繰り返した。

「ああ、兄さん……」

うっとりと呟いた忍が、雅の小振りな性器をぬるりと口腔に含む。そのままちゅるちゅると啜られて、雅はたまらず忍のそこから顔を上げ、嬌声を放った。

「あ……、んんっ！　とけ、ちゃ……っ」

「……ん、ぅん、んー……」

「やっ、そん、な、ちゅうって、吸っちゃ、や、やぁ、ん……！」

ちゅくちゅくと小刻みに吸われながら、巻きついた舌で茎の部分をぬるぬると擦られる。巧みな愛撫に、限界まで昂《たかぶ》っていた体は簡単に追いつめられていった。

「や、す、吸うの、嫌……っ！」

「嫌？　なら、これはどうですか？」

「ひぅっ！　あっ、あぁ、ん、んんーっ！」

くりゅくりゅと舌先で敏感な割れ目をねぶられて、雅はいやいやと首を振った。

「い、嫌……っ、そっちの、が、駄目……っ！」

「なら、さっきの方ですね。……思いきり、吸ってあげますからね」

「え、や……っ、あぁ、あああ……っ！」

甘く意地悪な笑みを浮かべた忍が、じゅうう、と派手な音を立てて全部を吸い上げてくる。悲鳴のような嬌声を放ちながら、雅は腰を逃がそうと身を捩った。こんなに強くされたら、もう我慢ができなくなってしまう。

「し、の……っ、忍、出る、いっちゃう……っ！」

訴えると、ねろりと舌で筋を辿った忍が、低く笑った。

「いいですよ。もう一回してあげるから……、兄さんの、早く飲ませて」

「あ、あぁっ、あんっ、んんー……っ！」

すっぽりと雅の性器を咥え込んだ忍が、きゅうう、と唇で締めつけたまま、ゆっくりとそれを引き抜いていく。まるで男根そのものを引き抜かれるかのような快感に、雅はびくんっと腰を跳ねさせて白濁を放った。とぷっと溢れたそれを、忍がちゅくちゅくと吸い上げる。

「あ、ふあ、あ……」

魂ごと持っていかれそうなほどの快楽に、雅はくたりと全身の力が抜けてしまった。はぁはぁと荒い息をつき、手を添えるだけになっていた忍の雄茎に再度くちづける。

「忍、も……」

自分だけが達してしまって申し訳ないし、忍にもちゃんと満足してほしい。

「ん、はぁ、ん、ん」

小さく喘ぎながら丁寧に舌を這わせ、ちゅぷちゅぷと舐めしゃぶる。溢れ出る透明な蜜を舌で拭うと、雅の萎えた花茎を愛おしげに唇で宥めていた忍が熱い息を吐き、おもむろに雅の太股を手で押し上げてきた。

「兄さん、もう少し、足を開けますか?」

「ん……」

促されて、上の方の片足を自分の胸へ引き寄せ、抱える姿勢を取らされる。奥まった場所まですべてを晒す体勢に、雅は顔を赤らめた。

「こんなの、どうして……、あの、僕はもういいから……」

「濡らさないと、いけないでしょう?」

くすりと悪戯《いたずら》めいた笑みを落とし、忍が雅の内腿をやわらかく吸う。ん、と息を呑んだ雅は、そのまま舌がぬめぬめと奥へと進んで行くのに気づき、ようやく忍の意図に思い当たった。

「ま、さか、忍……」

「ん、……舐めて、あげますね」

「やっ、しの……っ」

制止の声より早く、ぺろりと窄まりに濡れた感触が這う。まさか忍がそんなことをすると思っていなかった雅は、慌ててとめようとした。

「い、嫌……っ、忍、やめて……！」

「どうして？　濡らすものがないんだから、舐めないと入らないでしょう？　それにさっきからずっとひくひくさせて、誘っていたじゃないですか」

指先で性器を捕らえて雅の動きを封じ、忍がからかうようにそう言う。誘ってなんか、と顔を赤くした雅に、忍は目を細めた。

「今もほら、少し舐めただけで嬉しそうに赤い襞を覗かせて」

「そ、んな、こと……っ、ひん……！」

ふう、と息を吹きかけられて、そこがざわざわと蠢くのが分かる。けれど、いつもならそこは念入りに綺麗にして、自分で潤滑薬を塗り込んでから事に臨《のぞ》むのだ。

「あの、今日は、や、やめよう……？　また今度……」

「……待てません」

雅の提案を遮って、忍がちゅぷりと後孔にくちづけてくる。

「駄目……っ、忍っ！」

「やっと、……やっと兄さんが、俺を欲しがってくれたのに……。これ以上、待てない」

「で、も……、でも……！」

「ちゃんと奥まで蕩かして、ぬるぬるにするから」

「忍……！」

恥ずかしいことを言われて、なんとか忍を押し退けて逃げようとするのに、がっしりと腰を抱え込んだ手がそのまま太股を抱え、尻たぶを割り開いていて、逃げようがない。狭間に顔を埋めた忍は、ぴちゃちゅぷと遠慮なく後孔を舐めねぶってきた。襞のひとつひとつをなぞるような舌にも、熱い吐息にも感じ入ってしまって、節操のない体にまた火が点り出す。

「あ、あ……、んんっ」

「ああ、兄さん……。兄さんの、味がする……」

美味しい、と忍が囁く。かあっと頬を火照らせた雅に、忍は甘えるようにねだってきた。

「力抜いて、兄さん。俺の舌、ここに入れさせて。もっと、……もっと中まで、舐めたい」

「だ、め……、駄目、あ、あ……」

ぐにゅぐにゅと舌先で窄まりを嬲られると、腰から下が溶けてぐずぐずになってしまう。駄目、と締めつけていた入り口から、ぐちゅ、ぬちゅりと少しずつ舌の侵入を許してしまい、雅はシーツをぎゅっと摑んで身を震わせた。一度吐精して萎えていたはずの肉茎も、もうすっかり上を向いてはしたない蜜を零し始めている。

「ああ、い、や……、いや……」

きちんと準備をしていても、自分の体の内側を味わわれるなんて恥ずかしくてたまらないのに、弟にこんなに強引にそこを舐めつくされて、もうどうしていいか分からない。分からないのに、恥ずかしいと思えば思うほど感じてしまって、悦《よ》くて悦くて、それがまた恥ずかしくて。

「嫌……？　こんなに、気持ちよさそうなのに？」

蕩けてきた、と浅い場所でぬくぬくと舌を抜き差しされる。きゅう、と後孔が舌を締めつけるのが自分でも分かって、雅は首を振って吐露した。

「い、いい、のが、嫌……」

「……兄さん」

ああ、とため息をついた忍が、一層深く舌で探ってくる。熱く、濃厚な舌の愛撫に、雅はせめて声を抑えたくて、目の前の熱塊にしゃぶりついた。

「んんぅ、んむ、ん……っ」

けれど、快感に蕩けた唇ではうまく奉仕することができず、拙《つたな》く舌を這わせること位しかできない。そうしている間にも、忍は雅の恥孔にぬめぬめと舌を出し入れさせ、唇で蕾《つぼみ》全部を覆ってちゅうっと吸い上げてくる。ぬち、ぬちっと音が立つ度に、雅のそこは従順に花開いていった。

「ん、……ふふ、開いてきた。指も、入れますね？」

「んぅ……っ、んー……！」

ぬうっと入ってきた硬いものを、熟れた肉襞は嬉しげに迎え入れる。舌よりもずっと奥を探られると腰は疼くけれど、どうしても軋みは感じた。

「入り口は蕩けてきたのに、奥の方までは、なかなか濡れないですね……」

「む、り……っ、だから……！」

舐めただけじゃ、と言う雅に、忍はそれならと一度身を起こした。胸を上下に喘がせている雅に、そのままでと言い置いて体を反転させ、雅の背を後ろから抱いてくる。

「このまま、足を閉じて下さい」

「な、なに……？」

戸惑って振り返る雅に、忍はいいからと微笑んできた。言われた通りに足をぴったり閉じると、忍は雅の股の間に己の雄を押し込んでくる。

「な、し、しの……」

「まだ、入れたりしませんから」

「でも、こ、こんなの……！」

ずりゅ、ぬりゅ、と雄刀が雅のふぐりから性器の裏側、濡れてひくつく後孔の入り口を擦る。直に熱を感じて、雅はかあっと頬を赤くした。

「兄さんの太股、やわらかくて気持ちいい……」

耳の後ろに、忍の熱い吐息がかかる。忍が自分の体を使って快感を得ているのだと思うと、それだけで目眩がしそうだった。

「やぁ……、やっ、んんぅ！」

後ろから抱きしめられながら、首筋に何度もくちづけられ、内腿に男根を擦りつけられる。長い指でまた乳首をくりくりと摘まれながら、尻に引きしまった下腹をぴたぴたと打ちつけられ、その度に忍の下生えにそこをくすぐられた。

「ふふ、兄さんのあそこが、きゅうって……。早く、欲しい？」

「い、言わない、で……！」

恥ずかしい指摘に視線を泳がせると、ぬっ、ぬっ、と赤い亀頭が自分の陰嚢の間から見え隠れしているのが目に入ってしまう。かあっと体の熱を上げて、雅はぎゅっと目を瞑った。けれど、一度見てしまった淫猥な光景が頭を離れない。

太股を、弟に犯されている。先走りにてらてらと濡れ光るあれが、そのぬるぬるの蜜を内腿に、後孔になすりつけている。

「や……っ、あぁ、あ……っ」

「俺のですぐ、いっぱい濡らしてあげますからね……？」

身悶えた雅の秘孔に、熱塊の先端がぐりぐり、と押しつけられた。ひくつく花襞を乱れさせて、生じた隙間にどぷりと熱いものを弾けさせる。

「ひ……、あ、あ……」

「く……、兄さん……っ」

内壁が、亀頭に吸いつくようにして白濁を甘受する。隘路に精をたっぷりと注ぎ込んでから、忍は腰を引き、雅のそこに指を這わせてきた。親指と薬指であわいを開いたまま、窄まりを中指でくにくにと撫でてくる。

「ん……、ちゃんと、奥まで蕩けましたね……」

「あ、んん……っ、あう……んっ」

溢れそうになっている精液をずちゅりと指で押し込み、奥へと塗りつける。指はすぐに本数が増え、雅の後孔をくちゅくちゅと啼かせた。

「は、あぁ……、あ、あ、あっ！」

「兄さんのいいところは、ここ、でしょう？」

「ん……、や、あぁん……っ」

男根の裏側辺りをぐりゅっと抉られると、熟れた体はひとたまりもない。雅は甘い悲鳴を上げてシーツにしがみついた。

執拗にそこを撫でながら、忍がうっとりと囁いてくる。

「俺の精子、ここにかけてあげますね。たっぷり擦って、いっぱい啼かせてあげます……」

これで、と一度精を放ったにもかかわらず、勢いが衰えるどころか、ますます漲《みなぎ》っている男根を尻たぶに擦りつけられる。

「も、う……っ、忍、もう……！」

うずうずと尻を振って、背後の弟を誘う。過ぎるほど丁寧な愛撫に、もう理性も羞恥もぐずぐずに溶けてなくなっていた。達してもなお勢いの衰えない肉棒が腿に当たっていて、それが欲しくてたまらない。

「もう？　なに、兄さん？」

ごくりと喉を鳴らしながら、忍がぬぷぷ、と揃えた指を根元まで押し込む。そのまま手首を左右に捻って蜜壺を掻き回されると、指股が媚肉に擦れて体の中と外の両方で淫らな音が立った。漏れ出た白濁が、蜜口の周囲を淫靡《いんび》に濡らす。

「も……っ、もう、忍の、いれ、て……、あっ、んんんぁあぁっ！」

ねだった途端、後孔から指が引き抜かれ、代わりに滾った雄を捩じ込まれる。ずちゅり、と一番太い部分で花襞を散らした後、忍はずずず、とそのまま一息に雅を刺し貫いた。

「い、あ……っ、はぁ、ああ、んんん……！」

「ああ、兄さん……」

弟の肉茎に犯されて苦しげに喘ぐ雅の肩に、忍が何度もくちづけを落とす。忍もまた、熱く息を切らせていた。

「はっ……、持っていかれそうですね……」

「ん、ああ、あ……」

毎夜男に抱かれていた体は、ここしばらく熱塊を咥え込んでいなかったせいもあって、貪欲に忍の雄蕊に絡みつく。入り口できゅうっとその根元を締めつけ、媚肉全体でもっと奥にと舐めしゃぶる。

蜜孔で男根を存分に味わいながら、雅はとろりと蕩けた甘い声で更なる蹂躙をねだった。

「もっ、と……、それ、で、ぐちゅって……」

「……兄さん」

「すご、い、いっぱい……、ああ、忍でいっぱい、に、なってる……っ、おっき……、おっきく、て……、いい、ああ、いい、あっ、はぁ、ああん！」

言葉の途中で、ぬちゅっと内壁を擦り上げられる。奥まで嵌められたまま体ごと揺すり上げられると、心地よくてたまらなかった。

「ああ、ん、きもち、い……っ、お、く……、奥、もっと……！」

「奥？　ここ、ですか？」

「あぁあっ、んっ、そこ、そ、こ……！」

「兄さ、ん……、もっと、もっと深くに……！」

「ん、ん……っ」

唇を奪った忍が、横臥したまま雅の片足を胸まで引き上げて、繋がった恥部を曝け出す。そのままゆっくりと腰を引いた忍は、繋がりが解ける寸前で動きを止め、そして一息に貫いてきた。

「んんぅっ、ふあ、ああぁ……！」

「ああ、……ああ、兄さん……」

ぴちゃぴちゃと舌を絡ませ合いながら、ずちゅ、ぐちゅっと秘孔を突かれる。隘路の泣き所を何度もごりごりと押し潰されるように嬲られて、雅は荒々しい責めによがり啼いた。

「あぁ、ああぁ、いっちゃ……う、い、……ひぅっ、あああっ！」

「まだ、……駄目、です」

雅の太股を腕で支えたまま、忍がその手でびくびくと震える性器の根元を縛める。絶頂に向けて駆け上がりかけていた熱い奔流《ほんりゅう》を阻止されて、雅はひんひんと泣き喘いだ。

「いや、いやぁ……っ、離して、忍……っ」

「……我慢、して下さい」

「で、も……っ、もう、我慢できな……！」

こうしていても、腰が貫かれたそこから快感を拾おうと小さく円を描いてしまっている。きゅうきゅうと弟の肉茎を締めつけながら、雅はぽろぽろと涙を零して懇願した。

「お、願……っ、忍、早く、もう、も……ぅ」

「……約束して、兄さん」

は、と濡れた息を吐き出しながら、忍は繋がったそこも縛めた指もそのままに、雅の上に体を移動させた。雅を促して仰向けにさせると、両足を肩まで上げて開かせ、上から覆い被さってくる。余すところなく男を咥え込まされて、雅はますます昂る体の熱を持て余した。

「忍……」

「約束して下さい。もう俺以外の誰にも、この体を抱かせないって。……俺から二度と、離れないって」

上からまっすぐ、雅の目を見つめながら、忍がそう言う。

昏い、闇のように昏い目は、けれど雅を映し込んで澄みきっていた。

「……約束、する」

快感に痺れたような腕をのろのろと伸ばして、雅は弟の首に手を回した。

「忍、だけ……。忍とずっと、一緒にいる……」

「……兄さん」

ああ、と感嘆したようにため息をついた忍が、眦を少し下げ、微笑みを浮かべた唇を落としてくる。その唇をやわらかく吸って応えながら、雅は忍、と何度も囁いた。

「ん……、ああ、あ……」

埋められたままだった雄根が、ゆっくりと後孔を穿ち出す。ぬちゅ、にちゅっと粘液が混ざり合う度、中に注がれた白濁が泡だって花びらから溢れ、雅の尻を伝い落ちた。

「ん、んんう、はふ、ん、んっ！」

舌を絡ませ合って、雅は忍の抽挿《ちゅうそう》に合わせて下から腰を揺らした。奥まで進んでくる雄刀を蕩けた粘膜で包み込み、媚肉をひくつかせて引き抜かれていく熱塊に追い縋る。上から叩きつけるように蜜孔を抉る度、忍の男根もはちきれんばかりに膨れ上がっていった。

「し、の……っ、んんっ、ああ、あぁんっ！」

身を捩って、雅はねだった。

「欲し……っ、忍、……忍、が……！」

欲しい。

もっと、もっと奥まで、全部、欲しい。

忍が、弟が、欲しい。

「中、なか……っ、いっぱい、忍でいっぱいに、して……っ！」

「……兄さ、ん……」

「はや、く……っ、はやく、忍のに、して……！　もう、もう忍しか……、忍だけしかいらない、いらないから……！」

忍だけが、とそう繰り返す雅に、忍が泣き出しそうに顔を歪める。

「ああ、兄さん、兄、さ……んっ」

「ああ、ああ、し、の……っ、忍っ、忍……！」

ぐじゅう、と肉壺の最奥が蕩ける。びゅるる、じゅぶ、と長い吐精を何度も繰り返し、忍が果てるのと同時に、雅もまた、白蜜を己の腹に撒き散らしていた。ひくひくと後孔がひっきりなしに戦慄《わなな》き、淫らに雄茎を搾《しぼ》り尽くす。

「あ、ん……、は、ふ……」

びくびくと全身を震わせ、満たされる悦びに浸りながら、雅はうっとりと呟いた。

「ああ……、出て、る……。忍のが、……熱いのが、いっぱい……」

弟の熱い精液を淫肉に叩きつけられるその感触に、雅は恍惚の笑みを浮かべる。びくびくと震えながら白濁を撒き散らす弟の肉棒の甘みに、思わず唇を舐めてため息を漏らすと、忍が呻くように囁いてきた。

「……兄さん」

兄の蜜壺の奥に逐情の証を注ぎ込みながら、忍もまた恍惚とした微笑みを浮かべていた。きゅうきゅうと狭道で太棹を味わいながら、雅はもっと、と吐息で囁く。

「もっと、忍……。いっぱい、全部注いで……」

ああ、と目を細めて、忍がゆっくりと雅に唇を重ねてくる。嬉しい、と涙を零して、雅は弟の舌を受け入れた。

嬉しかった。

たった一人の弟のものにしてもらえて。

なによりも大事な弟を、自分のものにできて。

「忍……」

唇を擦りつけ合い、微笑み合う。

洋燈の光に照らされた闇の中、二人は飽きることなく互いを求め合った。睦み合い、じゃれ合うその姿は想いを通わせたばかりの恋人たちそのもので、そして戯れる子猫の兄弟のようだった。


こんこんとノックをしても返事がなかった扉は、鍵がかかっていなかった。

「……忍、いる?」

そうっと中を覗いた雅だったが、書斎には人影はない。いないのか、と落胆して肩を落とした雅は、机の上に見慣れないものを見つけて思わず近寄っていた。

「なんだろう……、薬……？」

小瓶に入った錠剤に、首を傾げる。振って見ると、カラカラと乾いた音を立てて、小さな粒が転がった。

机に小瓶を戻そうとした雅は、そこでふと、机の下に小さな紙切れが落ちていることに気づく。屈んで拾い上げると、紙にはカナで、『サクラハモライウケル』と印刷されていた。

「さくら……、桜、かな？」

首を傾げて窓を見やる。

忍が北小路家の新当主となって、一月ほどが経った。季節は移ろい、書斎の窓からは葉桜が見える。青々とした新緑が、雲ひとつない空の下できらきらと輝いていた。

あれから雅は、忍の屋敷で暮らし始めた。洋装にももうすっかり慣れ、薄いシャツに黒いズボンを合わせ、襟元で黒のボウタイを蝶々結びにしている。忍の気に入りの格好だった。

「……どうしたの、兄さん？」

「ああ、忍」

書斎に入ってきた忍が、雅の姿に驚く。手にしていた小瓶を机の上に戻して、雅は笑みを浮かべた。

「ちょっと、帳簿のつけ方で分からないところがあって。教えてもらえないかなって」

「ああ、いいですよ。どこです？」

持ってきた帳簿を差し出し、一緒に覗き込む。

生き別れの兄として忍の館に迎え入れられた雅は、忍の仕事の手伝いを始めていた。たまに近所の子供たちに琴を教えたり、館の従僕たちを手伝って庭の手入れなどして、日々を穏やかに過ごしている。

忍は、雅という名を改め、本来の名前に戻ってそのまま家督を継いだ。そうしてほしいと、雅が願ったのだ。自分には当主など到底務まらないと思ったし、雅の方が本来の血統であることは、中瀬しか知らない。祖父が自分を色子として買っていた事実を明るみに出したくはなかった。

「ありがとう、忍。僕、お茶でも淹《い》れてくるね」

帳簿のつけ方を教わったお礼にと、そう申し出た雅に、忍はああ、と思いついたように言った。

「それなら、縁側にでも行きましょう。あそこにとっておきの煎餅《せんべい》を中瀬が隠しているんです」

子供のようなことを言う弟に、ぷっと噴き出してしまう。さ、と忍に促されて部屋を出ながら、雅は気になったことを聞いてみた。

「そういえば……、さっき机の上にあった薬は？　忍、どこか悪いの？」

見た目には健康そうに見えるけれど、もしどこか悪いならと心配した雅だったが、忍はあっさりとそれを否定した。

「違いますよ。薬といっても、あれは劇薬ですから」

「劇薬……？　なんで、そんな……」

「ああ、大丈夫。強い興奮剤というだけで、普通の人間が飲んでも死ぬようなものではありませんよ」

そっと雅の手を握ってくる忍の指先は冷たい。

「血圧の高い人間には、少し危険なものですけれどね。しまい忘れてしまったんです」

後で中瀬にしまわせておきます、と微笑む忍に、雅は相槌を打った。そんな薬がどうして必要だったのかは分からないけれど、忍の体調が悪い訳ではないのならそれでいい。

忍と、偲以外のことは、どうでもよかった。

「ああ、それと、こんな紙も落ちてたんだけど」

そういえばもうひとつあった、と思い出し、ポケットにしまっておいた、先ほどの紙切れを見せる。一瞥した忍は、その唇にうっすらと微笑みを浮かべた。

「ああ、電報ですね。今度、庭に桜の木を増やそうと思ったので、確かその時のものですよ」

「桜か……。じゃあ来年の春はみんなでお花見できそうだね」

北小路邸には今、十本もの桜が咲いている。館に来た頃にはまだ花がかろうじて残っていたが、満開の時期を雅はまだ知らない。

一年先を思い浮かべて微笑む雅に、忍も頷いた。

「ええ。いい肥料も手に入りそうなので、きっと綺麗な紅色の桜になりますよ」

「紅色? 珍しい桜だね」

「ええ。その肥料を使うとね、紅くなるという話なんです。……でも、手に入るのはもう少し先になるかもしれません」

どんなものだろうと思ったところで和室に着く。

襖を開けると、縁側に痩せた老人が腰かけているのが見えた。

「あ、お爺ちゃん。ここにいたの？」

膝に乗っていたらしい偲が、とっと縁側に降りる。

みう、と甘えた声で雅にすり寄り、足に頭を擦りつける偲に、雅は微笑みかけた。

「お爺ちゃんと一緒に日向ぼっこしてたの？　いい子だね、お前は」

縁側に座ったままの老人は、膝から子猫がいなくなったことに頓着した様子もなく、虚《うつ》ろな目で庭の一点を見つめ続けている。その姿からは、かつてこの館の主だった威厳は消え去っていた。

つい先日まで入院していた北小路だったが、一向に回復の兆しがないこと、また凶暴性も認められないことから、館で世話をすることになった。忍には真っ向から反対されたけれど、いつまでも一人で病院に置いておくのが可哀想で、自分が世話をすると雅が申し出たのだ。なにかあればすぐさま病院に戻すという条件付きで、忍は渋々老人を館に置くことを許可してくれた。

「お爺ちゃん、直に腰かけたら、お尻冷たいよ。座布団に座ったら、ね？」

座布団を運んできた雅は、縁側にそれを置き、老人を立たせて移動させようとした。けれど、老人を座らせるよりも先に、偲が座布団にぴょんと飛び乗ってしまう。ちょこなんと座って、ぐるぐると前脚で顔を洗い始めた子猫に、雅は顔をしかめる。

「あ、もう、偲ったら。それお爺ちゃんの座布団でしょ」

窘める雅に、んにゃう、としれっとした顔で鳴いて、偲は真ん中で丸くなってしまう。もう一枚、と座布団を運んで来ようとした雅だったが、その腕を不意に掴まれた。

冷たい手は、忍のものだった。

「……兄さん」

微笑みを浮かべた忍が、ぐいっと雅の手を引いて、腕の中に閉じ込めるように抱きしめてくる。

「ど、どうした、の？」

突然のそれに動揺しながら聞いた雅に、ひっそりと低く甘い囁きが落ちてきた。

「座布団、邪魔ですよ」

「でも……」

「兄さん」

重ねて促されて、雅は胸に抱えるようにしていた座布団をそっと畳に落とした。屈んできた忍に、唇を重ねられる。

「しの……、ん」

恥じらいを浮かべながらも、雅は逆らわずに目を閉じた。髪を撫でられながらやわらかく唇を吸われると、それだけで夢見心地になってしまう。

次第にとろりとした顔つきになってきた雅に、忍がくすりと喉奥で笑うのが分かった。

「もう、その気になったんですか？」

「だ、って……、忍が……」

言い淀むと、薄いシャツの上から乳首をきゅっと抓《つね》られる。

「あ……」

「仕方のない兄さんですね。……こんな昼間から、くちづけだけでそんな顔をして」

「ん、……んん……っ」

開いた唇にそろりと舌を差し込まれ、ちろちろと内側をなぞられた。かりっと、指先で凝った胸の肉粒を引っかかれる。

「忍……」

欲しい、と吐息だけで雅は囁いた。

快楽に貪欲な体は、もうすっかり忍の唇や手を覚えて、少し触れられただけで過敏に反応するようになった。簡単に乱れる己を恥ずかしいと思う一方で、雅が乱れれば乱れるほど嬉しそうにする弟に、我慢しなくてもいいのだと思うようになってきている。

どんなに淫らな兄も、弟だから、忍だから、受け入れてくれる、と。

「また……、ね？」

縁側にちらりと目線をやって、雅はねだる。

「いいですよ。……じゃあ、こちらに」

ちゅ、ちゅ、と小さく唇の端にくちづけながら、忍が雅の手を引く。間続きの座敷に二人で入ってから、雅は後ろを振り返った。

二つの間を隔てる襖を、ゆっくりと閉める。

「ちゃんと、閉めましたか？」

「うん……。だから、早く……」

「焦らないで」

胡座をかいた忍に促されて、雅はおずおずとそこに腰を落とした。後ろから雅の肩を抱いて、忍がその耳元に低く甘い吐息を落としてくる。

「ゆっくり、見せつけてやりましょう？　兄さんが、誰のものか」

しゅる、と黒いボウタイを引き抜かれる。シャツの釦をひとつずつ、丁寧に外されながら、雅は顔を上げて前を見据えた。

襖には、隙間が開いている。

指一本も入らないだろう、細い細い、隙間が。

「……僕は、忍のものだよ」

背後の忍を一度振り返り、唇を重ねる。

「それに忍も……、僕のものだ」

桜色の唇を弟のくちづけで濡らして、雅は艶然と微笑みを浮かべた。

兄さん、と忍が眦を下げ、光が零れるように微笑み返してくる。

互いに囚われた二人を、闇が映し出していた。

ぎょろりと蠢く、虚ろな闇が。

昏い、昏いその目が。

あとがき

初めまして、こんにちは。櫛野ゆいです。お手に取ってくださり、ありがとうございます。なんだかんだで7冊目になりますが、スラッシュノベルズは初めてで、ちょっと緊張しています。

今回は弟×兄で、血縁関係のある相手との愛憎劇という、今まであまり取り組んでいなかったようなテイストのお話になりました。実は以前は、兄弟ものは読むのは平気でも、自分で書くとなると色々難しいなと思っていたのです。今回そのハードルを越えてはみたものの、やっぱり難しく、自分の未熟さが出てしまったと反省しています。ただ、お布団シーンは頑張ったので、少しでも楽しんでいただけると嬉しいです。

ただでさえハードルの高い兄弟もの設定に加え、更にハードルが高かったのが、攻めの忍の性格でした。執着攻めを書いてみようという試みだったのですが、どうにもこうにも途中で、書いてる私自身がこの人キモいとか思っ……。だって、頭の中兄さん一色みたいな感じがなんかもうこう、うわー……、みたいな（笑）そのせいか、初稿執筆中、途中で私の心が折れて、忍をなんとかちょっとまともな人にしようと画策してしまい、結果お話がぐだぐだになったりもしまして。その後の担当様の軌道修正がなければ、ちゃんとまとまったお話になっていなかったと思います。今回はここが一番の反省点でした。なんというか、手に負えないキャラはほんとに命とりだなと思いました。

受けの雅はもう、陸裕先生の描かれる美少年みたさに作ったキャラです。そして、薄幸美少年にはやっぱり緋襦袢かなと。帯合わせまでは書き込まなかったのですが、場面ごとにいろんな着物を着せるのがとても楽しかったです。

個人的にお気に入りのキャラは椿でした。雅相手に啖呵切るシーンが好きで好きで。彼がいろんなことを言ってくれて、書き手としてはとてもすっきりしました（笑）

心残りは、偲をもっと書きたかったなという。や、猫描写ばっかりじゃBLにならないのは分かってるんですが、それでも！　今まで犬とか狼とかは登場させていたのですが、ようやく猫を書けたのが嬉しくて。もっとこう、ピンクの肉球の素晴らしさとか、もふもふのお腹の魅力とか書きつくしたかった……！

さて、最後にお礼を。

まずは陸裕先生、ありがとうございました。挿絵を描いていただくのは二度目になるのですが、相変わらずとても緊張しました！　前回はキリッとした美人さん受けだったので、今回は少女と見紛うような美少年受けの妄想を膨らませながら書きました。いただいたキャララフがどのパターンも好みすぎて、指定させていただく際にとても苦悩しました。

担当様も、いつもありがとうございます。本作ではいろいろ迷走を重ね、ご迷惑かけっぱなしで申し訳ありませんでした。なんだか冊数を重ねるごとにご迷惑かける度合いがひどくなっていっている気がしてなりません……。自分らしいお話作りを頑張りたいと思います。

いつもいろんな方面で構ってくれる友人方々も、ありがとうございます。ここ1年、環境が変わる度に各方面からいっぱい励ましてもらっていて、感謝するばかりです。ちょっとでも楽しんでいただけたら嬉しいです。

最後まで読んでくださった方も、本当にありがとうございます。次は冬に、今度は学生ものを書く予定です。今回とはまたガラッと違う雰囲気になりそうなので、またお手に取っていただけたら嬉しいです。

それではまた、お目にかかれることを祈って。

櫛野ゆい　拝

初出一覧

囚愛　　　　　／書き下ろし

ビーボーイスラッシュノベルズを
お買い上げいただきありがとうございます。
この本を読んでのご意見・ご感想をお待ちしております。

〒162-0825 東京都新宿区神楽坂6-46
ローベル神楽坂ビル4階
リブレ出版(株)内 編集部

リブレ出版WEBサイトと携帯サイト「リブレ+モバイル」でアンケートを受け付けております。
各サイトにアクセスし、TOPページの「アンケート」から該当アンケートを選択してください。
ご協力をお待ちしております。

リブレ出版WEBサイト http://www.libre-pub.co.jp
リブレ+モバイル http://libremobile.jp/
(i-mode, EZweb, Yahoo!ケータイ対応)

SLASH
B-BOY NOVELS

囚愛

2012年7月20日 第1刷発行

■著 者 櫛野ゆい

■発行者 太田歳子
■発行所 リブレ出版株式会社

〒162-0825 東京都新宿区神楽坂6-46 ローベル神楽坂ビル
■営 業 電話/03-3235-7405 FAX/03-3235-0342
■編 集 電話/03-3235-0317

■印刷・製本 株式会社光邦

Printed in Japan
ISBN 978-4-7997-1115-6